走进楹联

启蒙篇

总主编、分册主编 ◎ 王智慧

深圳出版集团
深圳出版社

图书在版编目（CIP）数据

走进楹联. 启蒙篇 / 王智慧总主编、分册主编. --
深圳 : 深圳出版社, 2025. 6. -- ISBN 978-7-5507
-4262-8

Ⅰ. I207.6-49

中国国家版本馆CIP数据核字第2025PC3927号

总　主　编：王智慧
分　册　主　编：王智慧
分册副主编：张　泉　刘红艳
编　　委：丁志波　张苑芳　陈辰旭

走进楹联·启蒙篇
ZOUJIN YINGLIAN · QIMENG PIAN

责任编辑	王　博　张晶莹
责任校对	莫秀明
责任技编	陈洁霞
封面设计	新触点

出版发行	深圳出版社
地　　址	深圳市彩田南路海天综合大厦（518033）
网　　址	www.htph.com.cn
服务电话	0755-83460330（编辑部）　0755-83460239（邮购、团购）
电子邮箱	szzn@htph.com.cn
设计制作	深圳市新触点文化传播有限公司
印　　刷	深圳市希望印务有限公司
开　　本	787mm×1092mm　1/16
印　　张	4
字　　数	60千字
版　　次	2025年6月第1版
印　　次	2025年6月第1次
定　　价	117.00元（全三册）

版权所有，侵权必究。凡有印装质量问题，我社负责调换。
法律顾问：苑景会律师 502039234@qq.com

前 言

党的十八大以来，习近平总书记高度重视文化建设，多次强调弘扬中华优秀传统文化、坚定文化自信，围绕这一主题提出了许多新思想、新观点、新要求。中华民族伟大复兴需要以中华文化发展繁荣为条件，必须大力弘扬中华优秀传统文化。

楹联，又称"楹帖""对联""对子"，是写在纸、布上或刻在竹子、木头上的对偶语句。楹联对仗工整，平仄协调，是汉语独特的艺术形式。楹联，相传起源于五代后蜀主孟昶，是中国传统文化瑰宝。一方面，楹联作为一种文体形式，与其他文体一样，承载着中华传统文化的知识、观念与体验；另一方面，楹联作为一种文化现象，涉及中华传统文化领域的诸多方面，具有广泛的实用性、群众性、时代性。因此，楹联是中华传统文化不可或缺的标志性的重要组成部分，是中华传统文化的凝缩与升华。

我们力求让孩子们能在小学阶段接触楹联，通过对本书的学习，了解楹联发展的历史，激发学习楹联的兴趣，掌握楹联的基本知识，初步学会一些创作楹联的常用方法，让楹联这朵传统文化的奇葩在每个孩子幼小的心灵里萌芽成长。

本书分三册，包括《启蒙篇》《入门篇》《提升篇》。本书的编写以《联律通则》为依据，参考谷向阳教授的《中国楹联学概论》等书，借鉴了广东、江苏等地多所楹联特色学校的校本教材。本书的编写还得到了中国楹联学会的大力支持，李培隽会长还题写了"楹联"两字作为书名，在此一并感谢！

本书尚有许多不足之处，希望广大师生在使用过程中批评指正，以便进一步完善。

目 录

第一编　一年级（上）

第一课　认识楹联 …………………………………………1

第二课　拥抱世界 …………………………………………2

第三课　了解天象 …………………………………………3

第四课　走进田园 …………………………………………4

第五课　区分色彩 …………………………………………5

第六课　探究数字 …………………………………………6

第七课　体验生活 …………………………………………7

第八课　学习典故 …………………………………………8

第二编　一年级（下）

第一课　春夏秋冬 …………………………………………9

第二课　东西南北 …………………………………………10

第三课　花草树木 …………………………………………11

第四课　鸟兽虫鱼 …………………………………………12

第五课　琴棋书画 …………………………………………13

第六课　衣食住行 …………………………………………14

第七课　五官形体 …………………………………………15

第八课　文学艺术 …………………………………………16

第三编　二年级（上）

第一课　中国传统节日 …………………… 17
第二课　丰富的节日文化 ………………… 19
第三课　中国传统节日——春节 ………… 21
第四课　中国传统节日——元宵节 ……… 23
第五课　中国传统节日——寒食节 ……… 25
第六课　中国传统节日——清明节 ……… 27
第七课　中国传统节日——端午节 ……… 29
第八课　中国传统节日——七夕节 ……… 31
第九课　中国传统节日——中秋节 ……… 33
第十课　中国传统节日——重阳节 ……… 35
第十一课　中国传统节日——冬至 ……… 37
第十二课　中国传统节日——除夕 ……… 39

第四编　二年级（下）

第一课　中国节气 ………………………… 41
第二课　中国节气——立春 ……………… 43
第三课　中国节气——雨水 ……………… 45
第四课　中国节气——惊蛰 ……………… 47
第五课　中国节气——春分 ……………… 49
第六课　中国节气——清明 ……………… 51
第七课　中国节气——谷雨 ……………… 53
第八课　楹联里的春天 …………………… 55

第一编 一年级（上）

第一课　认识楹联

知识窗

楹联，俗称对联，是中华民族的文化瑰宝，不仅在中国的艺术宝库中占有独特的地位，在世界艺术殿堂上也放射着奇异的光芒。

读一读

撑天拄地两行字，

纳古涵今一副联。

对韵歌

云对雨，雪对风，晚照对晴空。

来鸿对去燕，宿鸟对鸣虫。

对一对

云对（　　　）　　　雪对（　　　）

来鸿对（　　　）　　宿鸟对（　　　）

第二课 拥抱世界

知识窗

我们生活在一个有声有色的世界里，潮起潮落，云卷云舒，山清水秀，鸟语花香，一切都是那么美妙！

读一读

迟日江山丽，
春风花草香。

对韵歌

沿对革，异对同，白叟对黄童。
江风对海雾，牧子对渔翁。

对一对

沿对（　　　）　　　异对（　　　　）

江风对（　　　　）　　牧子对（　　　　）

第三课　了解天象

知识窗

广阔的天地间，有许多奇妙的事物。风雨雷电，云雾霜雪，变幻多端，令人惊叹。

读一读

不雨山常润，
无云水自阴。

对韵歌

雷对电，雪对霜，竹露对荷风。
晚霞对秋月，赤日对苍穹。

对一对

雪对（　　　）　　　雷对（　　　）

竹露对（　　　）　　晚霞对（　　　）

第四课　走进田园

知识窗

走进田园，头上是蓝天白云，脚下是绿野青草。小路弯弯，风花淡淡，炊烟袅袅，流水潺潺，真让人心旷神怡！

读一读

半溪流水绿，

千树落花红。

对韵歌

田对垄，塞对通，野叟对溪童。

山清对水秀，草绿对花红。

对一对

（　　）对垄　　　　塞对（　　）

野叟对（　　）　　　草绿对（　　）

第五课　区分色彩

知识窗

雨过天晴，一道彩虹挂在天际。看，赤橙黄绿青蓝紫，多美啊！我们的生活正是因为有了这么多不同的色彩而亮丽。

读一读

名园依绿水，
野竹上青霄。

对韵歌

红对白，绿对黄，
碧水对蓝天，绿瓦对红墙。

对一对

红对（　　　）　　　绿对（　　　）

碧水对（　　　）　　绿瓦对（　　　）

第六课　探究数字

知识窗

小小的数字，举足轻重，魅力无穷，构成了万千世界。我们一起来探究它吧！

读一读

行万里路，

成一家言。

一对三，百对群，万对千，十对孤。

四壁对一窗，千丝对万缕。

一对（　　　　）　　　十对（　　　　）

万缕对（　　　　）　　四壁对（　　　　）

第七课　体验生活

知识窗

世界很美好，但有时候我们会遇到一些不顺心的事，也会有小小的烦恼。这就是生活，我们在各种不同的情绪体验中成长！

读一读

会心今古远，
放眼天地宽。

对韵歌

羞对妒，喜对忧，笑对哭，歌对舞。
安居对乐业，成功对失败。

对一对

喜对（　　　）　　歌对（　　　）

妒对（　　　）　　笑对（　　　）

第八课　学习典故

知识窗

我国历史悠久，源远流长，风云人物层出不穷，其中的典故就像一颗颗美丽的珍珠，闪烁在历史文化长河中。

读一读

卧薪尝胆，

破釜沉舟。

对韵歌

尧对舜，夏对殷，五典对三坟。

唐李杜，晋机云，柳骨对颜筋。

对一对

夏对（　　　　）　　　尧对（　　　　）

五典对（　　　　）　　柳骨对（　　　　）

第二编 一年级（下）

第一课 春夏秋冬

知识窗

春季冰雪消融，水满江河；夏季暑热多云，山峰奇峻；秋季天高气爽，夜空明净；冬季万物凋零，松柏秀丽。一年四季，风景各异，各有千秋。

读一读

三春添锦绣，
四季壮河山。

对韵歌

年对月，日对时，晨对午，朝对暮。
寒对暑，昏对旦，春对夏，昼对宵。

对一对

年对（　　　　）　　晨对（　　　　）

朝对（　　　　）　　夏对（　　　　）

第二课　东西南北

知识窗

东西南北，上下左右，里里外外，前前后后，各有所指。亲爱的小朋友，你可不要弄错方向哦！

读一读

明月松间照，

清泉石上流。

对韵歌

上对下，前对后，远近对高低。

左对右，外对里，南北对东西。

对一对

前对（　　　）　　　上对（　　　）

远近对（　　　）　　南北对（　　　）

第三课　花草树木

知识窗

春天来了，我们的校园变得越发可爱了。无数的花草树木把校园装扮得真漂亮！

读一读

竹送清溪月，

松摇古谷风。

对韵歌

桃对李，柳对榆，茉莉对芙蕖，

鸡冠对凤尾，雪梅对霜菊。

对一对

桃对（　　　）　　　柳对（　　　）

鸡冠对（　　　）　　雪梅对（　　　）

第四课 鸟兽虫鱼

知识窗

这个世界，不仅是你的、我的，也是其他生命的，我们和世间万物一起生活在地球上。其中，动物是人类最好的朋友。我们的世界因为有了动物的存在而变得更加生动，更加绚丽多彩。

读一读

泥融飞燕子，

沙暖睡鸳鸯。

对韵歌

牛对马，犬对猫，

龙头对凤尾，虎背对熊腰。

对一对

马对（　　　）　　犬对（　　　）　　龙头对（　　　）

第五课　琴棋书画

知识窗

琴、棋、书、画，古称"四雅"，是中华民族艺术长廊里与人关系密切的情趣活动，这些活动各有千秋，映射出我国文化的博大而深远。

读一读

雨过琴书润，

风来翰墨香。

对韵歌

鱼书对雁字，琴韵对书声，

笔架对琴床，书案对墨池，

棋院对琴行，画风对棋路。

对一对

鱼书对（　　　　）　　琴韵对（　　　　）

第六课　衣食住行

我们生活在一个物质生活丰富的时代，衣食住行都十分便利。让我们一起期待未来的生活会发生怎样可喜的变化吧！

读一读

门庭多喜气，

山水有清音。

对韵歌

羹对饭，舍对房。

金盘对玉盏，宝烛对银釭。

饭对（　　　　）　　　舍对（　　　　）

金盘对（　　　　）　　宝烛对（　　　　）

第七课　五官形体

知识窗

人体非常神奇,每一个器官都很重要。让我们照照镜子,看看独特的自己吧!

读一读

白眼观天下,

丹心报国家。

对韵歌

眉对目,口对心,肩对背,

耳对鼻,头对脚,声对色。

对一对

背对（　　　）　　口对（　　　）

头对（　　　）　　声对（　　　）

第八课 文学艺术

知识窗

舞文弄墨，吟诗作对，是古代文人普遍的爱好。让我们一起去楹联中看看文人的生活吧！

读一读

云山起翰墨，

星斗焕文章。

对韵歌

诗对赋，联对墨。

鱼书对雁字，书窗对画阁。

对一对

诗对（　　　　）　　　联对（　　　　）

鱼书对（　　　　）　　书窗对（　　　　）

第三编 二年级（上）

第一课 中国传统节日

> **知识窗**

中国传统节日，是中华民族悠久历史文化的重要组成部分，形式多样，内容丰富。中国传统节日的形成，是一个民族和国家的历史文化长期积淀凝聚的过程。中华民族的古老传统节日，涵盖了原始信仰、祭祀文化、天文历法、易理术数等人文与自然文化内容，蕴含着深邃丰厚的文化内涵。从远古先民时期发展而来的中国传统节日，不仅清晰地记录着中华先民丰富而多彩的社会生活文化内容，也积淀着博大精深的历史文化内涵。传统节日是传承优秀历史文化的重要载体。传统节日既使人们在节日中增长知识、受到教益，又有助于彰显文化、弘扬传统、陶冶情操、传承美德。在中华民族发展的历史上，曾诞生过许多节日，有的留存至今，有的半路"走失"。

笠翁对韵

天对地,雨对风。大陆对长空。

山花对海树,赤日对苍穹。

雷隐隐,雾蒙蒙。日下对天中。

风高秋月白,雨霁晚霞红。

对一对

天对（　　）　　　雨对（　　）

山花对（　　）　　赤日对（　　）

背一背

元日

[宋]王安石

爆竹声中一岁除,春风送暖入屠苏。

千门万户曈曈日,总把新桃换旧符。

第二课 丰富的节日文化

知识窗

中国传统节日牢牢根植于中华民族的精神家园与文化情怀之中,蕴含着厚重的历史与人文情怀,拥有丰富的文化内涵和精神核心。中华民族的精神、气质、思想、智慧存在于优秀的传统文化之中,传统节日则是优秀传统文化的具体表现。节日文化是中华民族的生活文化精粹的集中展示,传统节日是中国极其多样的习俗的代表,凝聚着中华文明的思想精华。在漫长的历史长河中,历代的文人雅士、诗人墨客,为一个个节日谱写了许多千古名篇。这些诗文脍炙人口,广为传颂,使中国的传统节日积淀出深厚的文化底蕴,精彩浪漫。

笠翁对韵

河对汉,绿对红。雨伯对雷公。

烟楼对雪洞,月殿对天宫。

云叆叇,日曈曚。蜡屐对渔篷。

过天星似箭,吐魄月如弓。

对一对

河对（　　　）　　　绿对（　　　）

月殿对（　　　）　　烟楼对（　　　）

背一背

守岁

〔宋〕苏轼

欲知垂尽岁，有似赴壑蛇。
修鳞半已没，去意谁能遮。
况欲系其尾，虽勤知奈何。
儿童强不睡，相守夜欢哗。
晨鸡且勿唱，更鼓畏添挝。
坐久灯烬落，起看北斗斜。
明年岂无年，心事恐蹉跎。
努力尽今夕，少年犹可夸。

第三课　中国传统节日——春节

知识窗

春节，是农历正月初一，又叫阴历年，俗称"过年"。这是我国民间最隆重、最热闹的一个传统节日。春节的历史悠久，春节的起源与原始信仰、历法等人文与自然文化因素密切相关，由上古时代的岁首祈年祭祀活动演变而来。古时的正月初一被称为元旦、元日、新正等。到了民国时期，改用公历，公历的1月1日称为元旦，农历的一月一日称为春节。

习俗：除旧布新、迎禧接福、拜神祭祖等。

笠翁对韵

山对海，华对嵩。四岳对三公。

宫花对禁柳，塞雁对江鸿。

清暑殿，广寒宫。拾翠对题红。

庄周谈化蝶，吕望兆飞熊。

对一对

海对（　　）　　　　华对（　　）

宫花对（　　）　　　江鸿对（　　）

背一背

拜年

[明]文徵明

不求见面惟通谒，名纸朝来满敝庐。

我亦随人投数纸，世情嫌简不嫌虚。

第四课　中国传统节日——元宵节

知识窗

元宵节,是农历正月十五,是中国一个重要的传统节日。正月十五是一年中第一个月圆之夜,也是一元复始、大地回春的夜晚,人们在此时庆贺新春的延续。农历正月十五为道教三元日中上元之日,因此又称为"上元节"。早在汉代,正月十五就成为祭祀天帝、祈求福佑的日子。后来古人把正月十五称为"上元",七月十五称为"中元",十月十五称为"下元"。最迟在南北朝早期,三元成为举行大典的日子。三元中,上元最受重视。后来,中元、下元的庆典活动逐渐减少,而上元经久不衰。

习俗:吃元宵、踩高跷、猜灯谜、赏花灯、舞狮子等。

笠翁对韵

晨对午,夏对冬。下饷对高春。

青春对白昼,古柏对苍松。

垂钓客,荷锄翁。仙鹤对神龙。

凤冠珠闪烁,螭带玉玲珑。

对一对

晨对（　　　）　　　　夏对（　　　）

仙鹤对（　　　）　　　古柏对（　　　）

背一背

元夕

[宋]晏殊

星槃宝灯连九市，水流香毂渡千门。
姮娥有似随人意，柳际花前月半昏。

第五课　中国传统节日——寒食节

> **知识窗**

　　寒食节，是旧俗中的一个节日，时间在清明节前一天（一说清明节前两天）。寒食节历史悠久，习俗有寒食、禁火、祭祖。由于北方寒冷，春三月气温上升正值改火的时节，人们在新火未到之时，要禁止生火。寒食节源于古代的改火旧习，后附会于介子推的故事。传说春秋时期，晋国公子重耳为躲避祸乱而流亡他国多年，而介子推始终追随左右，不离不弃，甚至"割股啖君"。重耳励精图治，成为一代霸主"晋文公"。介子推不求功名利禄，最终与母亲归隐绵上山。晋文公欲封赏介子推，寻至绵上山，但找不到他，便下令放火烧山。介子推坚决不出山，结果母子二人都被烧死。为了纪念介子推，晋文公将绵上山改为"介山"，立祠祭祀介子推，并把烧山的这一天定为寒食节，规定全国禁动烟火，只吃冷食。

笠翁对韵

清对淡,薄对浓。暮鼓对晨钟。

山茶对石菊,烟锁对云封。

金菡萏,玉芙蓉。绿绮对青锋。

早汤先宿酒,晚食继朝饔。

对一对

清对(　　)　　　浓对(　　)

暮鼓对(　　)　　山茶对(　　)

背一背

寒食

[唐]韩翃

春城无处不飞花,寒食东风御柳斜。

日暮汉宫传蜡烛,轻烟散入五侯家。

第六课　中国传统节日——清明节

知识窗

　　清明节在公历4月5日或4日,是中华民族古老的节日,它既是节气日也是民俗节日,是天时与人时的合一。在我国南方沿海地区,清明扫墓亦称为"拜山"。清明时节,大地呈现春和景明之象,扫墓祭祖、踏青郊游是人们主要的礼俗活动。扫墓时,首先会将祖坟周围的杂草清除,接着扎纸,然后摆上祭祖烧猪、鸡鸭鱼肉、鲜果糕点、酒水等供品进行祭拜,最后鸣放鞭炮。完成了祭拜仪式后,就地切烧猪配以鲜果茶点聚宴,或回家聚宴。《礼记·王制》载,祭祖聚宴源自"礿"的礼俗。在广东,清明节礼敬祖先、慎终追远的礼俗观念自古传承,至今不辍。

　　习俗:扫墓祭祖、踏青郊游、拔河、射柳、放风筝、荡秋千等。

笠翁对韵

繁对简，叠对重。意懒对心慵。

仙翁对释伴，道范对儒宗。

花灼灼，草茸茸。浪蝶对狂蜂。

数竿君子竹，五树大夫松。

对一对

繁对（　　　）　　　叠对（　　　）

道范对（　　　）　　意懒对（　　　）

背一背

清明

［唐］杜牧

清明时节雨纷纷，路上行人欲断魂。

借问酒家何处有？牧童遥指杏花村。

第七课　中国传统节日——端午节

知识窗

端午节,在农历五月初五,又名端阳节、重午节、天中节、粽子节、五黄节、躲午节、解粽节、五月节、端礼节等。端是开端、开始的意思。端午节是我国古老的民俗大节,关于其由来的传说甚多,有纪念介子推、屈原、伍子胥等说法。端午节在全国各地有着不同的称呼,生动地反映了各地的端午习俗有同也有异。2009年9月,联合国教科文组织正式审议并批准中国端午节列入《人类非物质文化遗产代表作名录》,端午节成为中国首个入选世界非物质文化遗产的节日。端午文化在全世界产生了广泛的影响。

习俗:吃粽子、赛龙舟、饮雄黄酒、悬挂艾叶等。

笠翁对韵

奇对偶,只对双。大海对长江。

金盘对玉盏,宝烛对银釭。

朱漆槛,碧纱窗。舞调对歌腔。

兴刘推马武,谏夏著龙逄。

对一对

奇对（　　）　　　　双对（　　）

金盘对（　　）　　　歌腔对（　　）

背一背

端午

［唐］文秀

节分端午自谁言，万古传闻为屈原。

堪笑楚江空渺渺，不能洗得直臣冤。

第八课　中国传统节日——七夕节

> **知识窗**

七夕节，在农历七月初七。七夕节最早来源于人们对自然天象的崇拜。早在远古时代，古人将天文星区与地理区域相互对应。这个对应关系就天文来说，称作"分星"；就地面来说，称作"分野"。牛郎织女星象的分星与分野在《汉书·地理志》中有记载，到了东汉时，出现了关于牛郎织女星象人格化的描写："织女七夕当渡河，使鹊为桥。"中国民间传说牛郎织女此夜在天河鹊桥相会，七夕因牛郎织女的美丽传说而成为象征爱情的节日，在当代更产生了"中国情人节"的文化含义。七夕节又名乞巧节，所谓乞巧，即在月光下对着织女星用彩线穿针，如能穿过七枚大小不同的针眼，就算很"巧"了。

习俗：穿针乞巧、喜蛛应巧、拜织女、拜魁星、吃巧果、染指甲等。

笠翁对韵

颜对貌，像对庞。步辇对徒杠。

停针对搁笔，意懒对心降。

灯闪闪，月幢幢。揽辔对飞艭(shuāng)。

柳堤驰骏马，花院吠村尨。

对一对

颜对（　　　）　　　像对（　　　）

徒杠对（　　　）　　停针对（　　　）

背一背

乞巧

[唐]林杰

七夕今宵看碧霄，牵牛织女渡河桥。

家家乞巧望秋月，穿尽红丝几万条。

第九课　中国传统节日——中秋节

> **知识窗**

中秋节，在农历八月十五，源自天象崇拜，是上古秋收祭月的遗俗。"秋"字的解释是："庄稼成熟曰秋。"八月，农作物陆续成熟。为了庆祝丰收，表达喜悦的心情，人们就将"中秋"这天作为节日。中秋习俗定型于唐朝初年，盛行于宋朝。至明清时，中秋已与年节齐名，成为中国的主要节日之一。中秋夜，月圆桂香，是大团圆的象征。人们会备上各种瓜果和熟食糕点，特别是月饼，边吃边在庭院赏月。中秋节以月之圆兆人之团圆，寄托游子的思念故乡和亲人之情，成为丰富多彩、弥足珍贵的文化遗产。

习俗：祭月、赏月、拜月、吃月饼、赏桂花、饮桂花酒等。

笠翁对韵

泉对石,干对枝。吹竹对弹丝。

山亭对水榭,鹦鹉对鸬鹚。

五色笔,十香词。泼墨对传卮。

神奇韩幹画,雄浑李陵诗。

对一对

泉对（　　）　　　干对（　　）

吹竹对（　　）　　山亭对（　　）

背一背

十五夜望月寄杜郎中

[唐]王建

中庭地白树栖鸦,冷露无声湿桂花。

今夜月明人尽望,不知秋思在谁家。

第十课　中国传统节日——重阳节

知识窗

重阳节，在农历九月初九，是传统的节日，又称老人节。九月九日，日月并阳，两九相重，故而叫"重阳"，也叫"重九"。重阳节形成于上古秋收祭天帝、祭祖的活动；到了唐代，重阳被正式定为民间的节日；此后历朝历代沿袭至今。重阳又称"踏秋"，与三月三日"踏春"一样皆是家族倾室而出的重要节日，在重阳这天，所有亲人都要一起登高，插茱萸，赏菊花。重阳节自魏晋时期起气氛日渐浓郁，成为历代文人墨客吟咏最多的几个传统节日之一。九九重阳节，同时也是中国的敬老节，是尊老、敬老、爱老、助老的节日。它穿越历史而来，承载了丰富的文化与内涵，带着岁月的厚重与丰韵。

习俗：登高祈福、秋游赏菊、佩插茱萸、祭神祭祖及饮宴求寿等。

笠翁对韵

争对让,望对思。野葛对山栀。

仙风对道骨,天造对人为。

专诸剑,博浪椎。经纬对干支。

位尊民物主,德重帝王师。

对一对

争对（　　）　　　望对（　　）

仙风对（　　）　　经纬对（　　）

背一背

九月九日忆山东兄弟

[唐]王维

独在异乡为异客,每逢佳节倍思亲。

遥知兄弟登高处,遍插茱萸少一人。

第十一课　中国传统节日——冬至

知识窗

冬至，在阳历 12 月 21 日或 22 日，俗称冬节、长至节或亚岁等。冬至兼具自然与人文两大内涵，既是二十四节气中的一个重要节气，也是中华民族的传统节日，在古代民间有"冬至大如年"的说法。古时候，漂泊在外地的人到了这个时节都要回家过冬节，所谓"年终有所归宿"。很多地区在冬至这一天有祭祖等习俗，现在仍有一些地方过冬至节。古人认为自冬至起，天地阳气开始兴作渐强，冬至一阳生，天地阳气回升，所以古人将冬至视为吉日，是冬季祭祖大节。

习俗：宰羊、祭祖、吃饺子、吃馄饨、数九消寒等。

笠翁对韵

贤对圣，是对非。觉奥对参微。

鱼书对雁字，草舍对柴扉。

鸡晓唱，雉朝飞。红瘦对绿肥。

举杯邀月饮，骑马踏花归。

对一对

贤对（　　　）　　　是对（　　　）

草舍对（　　　）　　红瘦对（　　　）

背一背

九九歌

一九二九不出手，三九四九冰上走，

五九六九，沿河看柳，

七九河开，八九雁来，

九九加一九，耕牛遍地走。

第十二课　中国传统节日——除夕

知识窗

除夕，农历一年的最后一天，是岁除之夜的意思。除的本义是"去"，引申为"易"；夕的本义是"日暮"，引申为"夜晚"。故而除夕之夜便含有"旧岁到此而除，明日另换新岁"的意思，即除旧布新。最早提及"除夕"这一名词的是西晋时期的史籍《风土记》。除夕通常会被称为大年三十，但在阴历历法中，除夕的日期可能是腊月三十，也可能是腊月二十九，但无论如何，它都是阴历年的末尾。

习俗：贴年红、年夜饭、压岁钱、辞岁、守岁等。

笠翁对韵

戈对甲，幄对帷。荡荡对巍巍。

严滩对邵圃，靖菊对夷薇。

占鸿渐，叶凤飞。虎榜对龙旂。

心中罗锦绣，口内吐珠玑。

对一对

戈对（　　　）　　　幄对（　　　）

严滩对（　　　）　　虎榜对（　　　）

背一背

除夕佳句

半盏屠苏犹未举，灯前小草写桃符。

万物迎春送残腊，一年结局在今宵。

第四编 二年级（下）

第一课 中国节气

知识窗

节气是指二十四个时节和气候，是中国古代创立的一种用来指导农事的补充历法，是中华民族劳动人民长期经验的累积和智慧的结晶。

二十四节气分别为：立春、雨水、惊蛰、春分、清明、谷雨、立夏、小满、芒种、夏至、小暑、大暑、立秋、处暑、白露、秋分、寒露、霜降、立冬、小雪、大雪、冬至、小寒、大寒。

2016年11月30日，中国"二十四节气"被正式列入联合国教科文组织人类非物质文化遗产代表作名录，被誉为"中国的第五大发明"。

笠翁对韵

衰对盛，密对稀。祭服对朝衣。

鸡窗对雁塔，秋榜对春闱。

乌衣巷，燕子矶。久别对初归。

天姿真窈窕，圣德实光辉。

对一对

衰对（　　　）　　　密对（　　　）

朝衣对（　　　）　　秋榜对（　　　）

背一背

二十四节气歌

春雨惊春清谷天，夏满芒夏暑相连。

秋处露秋寒霜降，冬雪雪冬小大寒。

第二课　中国节气——立春

知识窗

立春，是中国二十四节气中的第一个节气。"立"是"开始"的意思，表示往者过而来者续，冬天过了就是春天，因此春夏秋冬四时之始都被冠以"立"。从立春到立夏这段日子，被称为春天。立春的时候北斗七星指向东方，因此东方被认为是春天的方位。春是希望，万物生长；春是温暖，鸟语花香。

第一候：东风解冻。东风送暖，大地开始解冻。第二候：蛰虫始振。蛰是隐藏的意思。潜伏在地下的众多小虫都自冬眠中苏醒过来。第三候：鱼陟负冰。陟是上升的意思。鱼儿因为水温渐暖，竞相游到水面，但水中仍有未融化的碎冰，在岸上观看，就如同鱼儿背负着冰块在水中游动。

笠翁对韵

羹对饭，柳对榆。短袖对长裾。

鸡冠对凤尾，芍药对芙蕖。

周有若，汉相如。王屋对匡庐。

月明山寺远，风细水亭虚。

对一对

羹对（　　　）　　　柳对（　　　）

短袖对（　　　）　　王屋对（　　　）

背一背

京中正月七日立春

［唐］罗隐

一二三四五六七，万木生芽是今日。

远天归雁拂云飞，近水游鱼迸冰出。

第三课　中国节气——雨水

知识窗

雨水，是二十四节气中的第二个节气。此时，气温回升，冰雪融化，降水增多，故取名为雨水。雨水前，天气相对来说比较寒冷。雨水后，人们则明显感到春回大地，大地开始呈现出一派欣欣向荣的景象。

第一候：獭祭鱼。水獭捕捉到鱼后，将捕获的鱼排列在岸边展示，看似先祭拜一番后再食用。第二候：候雁北。此时南方天气已热，候鸟自南向北飞，飞回原先居住的地方。第三候：草木萌动。春天是阴阳交泰、万物生长的时机。天地万物出现生机，草木也纷纷萌芽生长。

笠翁对韵

红对白，有对无。布谷对提壶。

毛锥对羽扇，天阙对皇都。

谢蝴蝶，郑鹧鸪。蹈海对归湖。

花肥春雨润，竹瘦晚风疏。

对一对

红对（　　）　　　有对（　　）

布谷对（　　）　　归湖对（　　）

背一背

早春呈水部张十八员外二首·其一

[唐] 韩愈

天街小雨润如酥，草色遥看近却无。

最是一年春好处，绝胜烟柳满皇都。

第四课　中国节气——惊蛰

> **知识窗**

惊蛰，古称"启蛰"，是二十四节气中的第三个节气。传说盘古开天辟地之后，其息化为风，其声化为雷。秋冬之际，雷藏身土中，春天农人耕种，雷破土而出，轰然作响，即是春雷。惊蛰时分，天地阴阳气接触频繁，闪电不绝，春雷初响，惊醒了仍在蛰伏的万物，益虫、害虫全部活动起来，脱离了蛰伏的状态。在农耕方面，正是追肥的时期，杂粮作物也开始种植。

第一候：桃始华。桃花的花芽在严冬时蛰伏，于春暖时盛开。第二候：仓庚鸣。"仓庚"指的是黄鹂，仓表示"清"，而庚表示"新"，黄鹂于此时振翅高飞，一鸣惊人，宣告春天已到。第三候：鹰化为鸠。万物开始复苏。

笠翁对韵

罗对绮，茗对蔬。柏秀对松枯。

中元对上巳，返璧对还珠。

云梦泽，洞庭湖。玉烛对冰壶。

苍头犀角带，绿鬓象牙梳。

对一对

罗对（　　）　　　茗对（　　）

松枯对（　　）　　中元对（　　）

背一背

观田家

[唐]韦应物

微雨众卉新，一雷惊蛰始。

田家几日闲，耕种从此起。

丁壮俱在野，场圃亦就理。

归来景常晏，饮犊西涧水。

饥劬不自苦，膏泽且为喜。

仓廪无宿储，徭役犹未已。

方惭不耕者，禄食出闾里。

第五课　中国节气——春分

知识窗

春分，是二十四节气中的第四个节气。它在《尚书·尧典》中被称为"日中"，在《礼记》中被称为"日夜分"，两种称呼都反映了春分这一天昼夜等分的特点。春分是个比较重要的节气，它在天文学上有重要意义，南北半球昼夜平分。春分时节，我国大部分地区进入了明媚的春天，气候温和，雨水充沛，阳光明媚。

第一候：玄鸟至。元鸟或玄鸟是指燕子。燕子是春分来秋分去的候鸟。燕子飞到屋檐下筑巢，开始准备哺育下一代，代表吉祥之兆。第二候：雷乃发声。雷者阳之声，阳在阴内不得出，故奋激而为雷。第三候：始电。雷乃声，电乃光，雷电本是一体。这一时节，乍暖还寒，冷暖交替，云团之间放电引起空气剧烈振动，自然就产生了雷鸣之声。

笠翁对韵

鸾对凤,犬对鸡。塞北对关西。

长生对益智,老幼对旄倪。

颁竹策,剪桐圭。剥枣对蒸梨。

绵腰如弱柳,嫩手似柔荑。

对一对

鸾对（　　）　　　　犬对（　　）

塞北对（　　）　　　剥枣对（　　）

背一背

七绝·苏醒

[宋]徐铉(xuàn)

春分雨脚落声微,柳岸斜风带客归。

时令北方偏向晚,可知早有绿腰肥。

第六课　中国节气——清明

知识窗

　　清明，是二十四节气中的第五个节气，是中华民族古老的节日，既是一个扫墓祭祖的肃穆节日，也是人们亲近自然、踏青游玩、享受春天乐趣的欢乐节日。这一时节，生气旺盛，阴气衰退，万物吐故纳新，大地呈现春和景明之象，正是到郊外踏青春游与行清墓祭的好时节。"清明"的含义是气候暖和，草木萌动，杏桃开花，处处给人以清新明朗、欣欣向荣的感觉。

　　第一候：桐始华。此时桐树的花满山盛放。第二候：田鼠化鴽。田鼠因阳气渐盛而躲回洞穴避暑，而喜爱阳气的鴽鸟开始出来活动。第三候：虹始见。虹就是天上的彩虹。清明时节多雨故而彩虹常见。

笠翁对韵

勤对俭,巧对乖。水榭对山斋。

冰桃对雪藕,漏箭对更牌。

寒翠袖,贵荆钗。慷慨对诙谐。

竹径风声籁,花蹊月影筛。

对一对

勤对（　　）　　　巧对（　　）

冰桃对（　　）　　水榭对（　　）

背一背

清明日

[唐]李建勋

他皆携酒寻芳去,我独关门好静眠。

唯有杨花似相觅,因风时复到床前。

第七课　中国节气——谷雨

知识窗

谷雨，是二十四节气中的第六个节气，也是春季的最后一个节气。谷雨是"雨生百谷"的意思。此时降水明显增加，田中的秧苗初插，作物新种，最需要雨水的滋润，正所谓"春雨贵如油"。只有降雨量充足且及时，谷类作物才能茁壮成长。

第一候：萍始生。萍是浮萍，为绿色藻类。谷雨时雨水丰沛，浮萍也随之大量繁殖，随水漂浮而生。第二候：鸣鸠拂羽。鸠是指斑鸠。此时，斑鸠不仅鸣叫，更拍动羽翼四处飞翔，提醒农人不要忘了农事。第三候：戴胜降于桑。戴胜是一种头顶有冠毛的黄白斑纹小鸟，常栖息于农家种植的桑树与麻树之中。

笠翁对韵

春对夏,喜对哀。大手对长才。

风清对月朗,地辟对天开。

游阆苑,醉蓬莱。七政对三台。

青龙壶老杖,白燕玉人钗。

对一对

夏对（　　）　　　喜对（　　）

七政对（　　）　　风清对（　　）

背一背

江南春

[唐]杜牧

千里莺啼绿映红,水村山郭酒旗风。

南朝四百八十寺,多少楼台烟雨中。

第八课　楹联里的春天

　　春天，又称春季，是四季中的第一个季节，指立春至立夏这段日子，含立春、雨水、惊蛰、春分、清明、谷雨共六个节气。春天冰雪融化，艳阳高照，气候温暖，万物萌发，蕴藏着无限的活力。春天风姿动人，鸟语花香，桃红柳绿，草长莺飞，给人以美不胜收的享受。一年之计在于春，春天播种着希望，孕育着成功，耕耘着梦想，燃烧着信念。让我们一起走进春天，去发现和描绘春天的美丽吧！

　　描写春景的常用字词：

　　植物：竹、兰、桃、李、杏、杨、柳等。动物：莺、燕、鹊、凤、鹏等。器物：爆竹、酒杯、锣鼓、笙歌等。颜色：红、黄、绿、青、金、碧等。天文：风、雪、云、霞、晖、日、月等。

　　四字词语：东风送暖、春风拂面、风和日丽、和风细雨、万物复苏、春暖花开、春意盎然、春光明媚、春和景明、雨后春笋、春水盈盈、春江如练、春山如笑、春花烂漫、万紫千红、莺歌燕舞、鸟语花香、草长莺飞、花枝招展等。

笠翁对韵

莲对菊，凤对麟。浊富对清贫。

渔庄对蟹舍，松盖对花茵。

萝月叟，葛天民。国宝对家珍。

草迎金埒马，花醉玉楼人。

对一对

菊对（　　　）　　　麟对（　　　）

浊富对（　　　）　　家珍对（　　　）

背一背

新春对联

新年纳余庆，嘉节号长春。

福气临门早，春风及第先。

天寒梅骨傲，风暖草心香。

花开春富贵，竹报岁平安。

走进楹联

总 主 编 ◎ 王智慧
分册主编 ◎ 张苑芳

深圳出版集团
深圳出版社

图书在版编目（CIP）数据

走进楹联. 入门篇 / 王智慧总主编；张苑芳分册主编. -- 深圳：深圳出版社, 2025.6. -- ISBN 978-7-5507-4262-8

Ⅰ. I207.6-49

中国国家版本馆CIP数据核字第20258PV652号

总　主　编：王智慧
分册主编：张苑芳
分册副主编：杨　洪　刘红艳
编　　　委：荣　雪　王国勇　杨荣华

走进楹联·入门篇
ZOUJIN YINGLIAN · RUMEN PIAN

责任编辑	王　博　张晶莹
责任校对	莫秀明
责任技编	陈洁霞
封面设计	新触点

出版发行	深圳出版社
地　　址	深圳市彩田南路海天综合大厦（518033）
网　　址	www.htph.com.cn
服务电话	0755-83460330（编辑部）　0755-83460239（邮购、团购）
电子邮箱	szzn@htph.com.cn
设计制作	深圳市新触点文化传播有限公司
印　　刷	深圳市希望印务有限公司
开　　本	787mm×1092mm　1/16
印　　张	4.5
字　　数	71千字
版　　次	2025年6月第1版
印　　次	2025年6月第1次
定　　价	117.00元（全三册）

版权所有，侵权必究。凡有印装质量问题，我社负责调换。
法律顾问：苑景会律师 502039234@qq.com

目 录

第一编　三年级（上）

第一课　楹联里的夏天 …………………… 1
第二课　中国节气——立夏 ………………… 2
第三课　中国节气——小满 ………………… 4
第四课　中国节气——芒种 ………………… 5
第五课　中国节气——夏至 ………………… 7
第六课　中国节气——小暑 ………………… 8
第七课　中国节气——大暑 ………………… 10
第八课　楹联里的秋天 …………………… 11
第九课　中国节气——立秋 ………………… 13
第十课　中国节气——处暑 ………………… 14

第二编　三年级（下）

第一课　中国节气——白露 ………………… 16
第二课　中国节气——秋分 ………………… 17
第三课　中国节气——寒露 ………………… 19
第四课　中国节气——霜降 ………………… 20
第五课　中国节气——立冬 ………………… 22
第六课　中国节气——小雪 ………………… 23
第七课　中国节气——大雪 ………………… 24
第八课　中国节气——冬至 ………………… 26
第九课　中国节气——小寒 ………………… 27
第十课　中国节气——大寒 ………………… 29

第三编　四年级（上）

第一课　认识楹联 ……………………………31
第二课　楹联探源 ……………………………33
第三课　了解对仗 ……………………………35
第四课　字数相等 ……………………………37
第五课　词性相当 ……………………………39
第六课　词性对品——名词 …………………41
第七课　词性对品——动词 …………………43
第八课　词性对品——代词 …………………44
第九课　词性对品——形容词 ………………46
第十课　词性对品——数量词 ………………48

第四编　四年级（下）

第一课　词性对品——副词 …………………50
第二课　词性对品——介词 …………………52
第三课　词性对品——连词 …………………53
第四课　词性对品——助词 …………………55
第五课　词性对品——叹词 …………………57
第六课　认识平仄 ……………………………59
第七课　平仄声律 ……………………………61
第八课　平仄相间 ……………………………63
第九课　平仄相对 ……………………………65
第十课　仄起平收 ……………………………67

第一编 三年级（上）

第一课 楹联里的夏天

知识窗

夏天，是一年中的第二个季节。炎炎夏日，光照充足，雨量丰沛，花草繁茂，树木葱茏。各类植物竞相开花结果，各种动物忙着交配生育，天地呈现出一派勃勃生机。

开在夏季的花很多，常见的有：荷花、牡丹、栀子、蔷薇、凤仙、合欢、百合、芍药、茉莉、玉簪、凌霄、萱草、米兰、紫薇等。

描写夏天的四字词语有：炎天暑月、海天云蒸、火云如烧、铄石流金、烈日中天、骄阳似火、赤日炎炎、浓荫匝地、夏山如碧、夏树苍翠、沉李浮瓜、苔痕染碧等。

国学馆

寒对暑，日对年。蹴鞠对秋千。

丹山对碧水，淡雨对轻烟。

歌宛转，貌婵娟。雪赋对云笺。

荒芦栖宿雁，疏柳噪秋蝉。

洗耳尚逢高士笑，折腰肯受小儿怜。

郭泰泛舟，折角半垂梅子雨；

山涛骑马，接䍦倒着杏花天。

对一对

风清对（　　　）　　　烈日对（　　　）

栀子对（　　　）　　　牡丹对（　　　）

背一背

描写夏天的古诗句：

水晶帘动微风起，满架蔷薇一院香。

——高骈《山亭夏日》

清风明月无人管，并作南楼一味凉。

——黄庭坚《鄂州南楼书事四首·其一》

第二课　中国节气——立夏

知识窗

　　立夏是农历二十四节气中的第七个节气，夏季的第一个节气，表示夏天正式开始。人们习惯上把立夏当作气温明显升高，炎暑来临，雷雨增多，农作物进入生长旺季的一个重要节气。

　　第一候：蝼蝈鸣。昼伏夜出的蝼蝈，因为感应到微弱阴气而鸣叫。

　　第二候：蚯蚓出。蚯蚓做阴曲而阳伸之运动，感应到阳气渐盛而群起出土。第三候：王瓜生。一种华北特产的药用爬藤植物在立夏时节快速攀爬生长，于六七月结红色的果实。

国学馆

琴对笛，釜对瓢。水怪对花妖。

秋声对春色，白缣对红绡。

臣五代，事三朝。斗胆对弓腰。

醉客歌金缕，佳人吹紫箫。

风定落花闲不扫，霜余残叶湿难烧。

千载兴周，尚父一竿投渭水；

百年霸越，钱王万弩射江潮。

对一对

赤日对（　　　）　　　暴雨对（　　　）

炎暑对（　　　）　　　浓荫对（　　　）

背一背

小池

［宋］杨万里

泉眼无声惜细流，树阴照水爱晴柔。

小荷才露尖尖角，早有蜻蜓立上头。

第三课　中国节气——小满

知识窗

小满是二十四节气中的第八个节气，夏季的第二个节气。小满的含义是夏熟作物的籽粒开始灌浆饱满，但还未成熟，只是小满，还未大满。

第一候：苦菜秀。苦菜是一种可食用的野菜，枝叶繁茂，可供采食。第二候：靡草死。一些枝叶细软、在阴冷潮湿季节生长的植物，受不了夏阳的火气都枯死了。第三候：麦秋至。原来已盈满但未熟的麦粒，已经成熟。

国学馆

诗对礼，卦对爻。燕引对莺捎。

晨钟对暮鼓，野蕺对山肴。

雉方乳，鹊始巢。猛虎对神獒。

疏星浮荇叶，皓月上松梢。

为邦自古推瑚琏，从政于今愧斗筲。

管鲍相知，能结忘形胶漆友；

蔺廉有隙，终为刎颈死生交。

风清对（　　　　）　　　　小满对（　　　　）

苦菜对（　　　　）　　　　麦粒对（　　　　）

背一背

画蝉

[元]丁鹤年

饮露身何洁，吟风韵更长。

斜阳千万树，无处避螳螂。

第四课　中国节气——芒种

知识窗

芒种是二十四节气中的第九个节气，夏季的第三个节气。芒种字面的意思是"有芒的麦子快收，有芒的稻子可种"。芒种时节雨量充沛，气温显著升高。

第一候：螳螂生。螳螂于深秋产卵，小螳螂感应到了此时阴气渐强而破壳而出。第二候：鵙(jú)始鸣。鵙指伯劳。古人认为伯劳是感受到阴气而开始鸣叫的，这是一种十分刺耳聒噪的叫声。第三候：反舌无声。能学各种鸟鸣叫的反舌鸟，感应到五月阴气渐微而不叫了。

国学馆

台对省，署对曹。分袂对同袍。

鸣琴对击剑，返辙对回舠(dāo)。

良借箸，操捉刀。香茗对醇醪。

涓泉归海大，寸壤积山高。

石室客来煎雀舌，画堂宾至饮羊羔。

被谪贾生，湘水凄凉吟《鵩(fú)鸟》；

遭谗屈子，江潭憔悴著《离骚》。

对一对

麦芒对（　　　）　　　螳螂对（　　　）

稻子对（　　　）　　　鸟鸣对（　　　）

背一背

北固晚眺

[唐]窦常

水国芒种后，梅天风雨凉。

露蚕开晚簇，江燕绕危樯。

山趾北来固，潮头西去长。

年年此登眺，人事几销亡。

第五课　中国节气——夏至

知识窗

夏至，是二十四节气中的第十个节气，夏季第四个节气。夏至，意味着炎热天气正式开始，之后天气越来越热。夏至以后，北半球大部分地区白天一天比一天缩短，黑夜一天比一天加长，民间有"吃过夏至面，一天短一线"的说法。

第一候：鹿角解。因阳气盛极而衰，鹿角开始脱落。第二候：蜩(tiáo)始鸣。夏蝉又叫"知了"，雄蝉都会鼓翼而鸣。第三候：半夏生。半夏是一种野生药草，因在仲夏时节生长而得名。

国学馆

微对巨，少对多。直干对平柯。

蜂媒对蝶使，雨笠对烟蓑。

眉淡扫，面微酡。妙舞对清歌。

轻衫裁夏葛，薄袂剪春罗。

将相兼行唐李靖，霸王杂用汉萧何。

月本阴精，岂有羿妻曾窃药；

星为夜宿，虚传织女漫投梭。

知了对（　　　　）　　　　半夏对（　　　　）

电扇对（　　　　）　　　　荷叶对（　　　　）

背一背

阮郎归·初夏
[宋]苏轼

绿槐高柳咽新蝉，薰风初入弦。碧纱窗下水沉烟，棋声惊昼眠。

微雨过，小荷翻，榴花开欲然。玉盆纤手弄清泉，琼珠碎却圆。

第六课　中国节气——小暑

知识窗

小暑，是二十四节气中的第十一个节气，夏季第五个节气。暑，表示炎热的意思。小暑为小热，还不十分热，意指天气开始炎热，但还没到最热的时候。这时全国的农作物都进入了茁壮成长的阶段。

第一候：温风至。四方均感受到温热的风，暑气吹至，热气逼人。第二候：蟋蟀居壁。蟋蟀开始自田野移入庭院。第三候：鹰始挚。幼鹰由老鹰带领，从鸟巢中飞出来，开始学习飞行捕猎的技术。

国学馆

慈对善，虐对苛。缥缈对婆娑。

长杨对细柳，嫩蕊对寒莎。

追风马，挽日戈。玉液对金波。

紫诏衔丹凤，黄庭换白鹅。

画阁江城梅作调，兰舟野渡竹为歌。

门外雪飞，错认空中飘柳絮；

岩边瀑响，误疑天半落银河。

对一对

小暑对（　　　）　　　蟋蟀对（　　　）

壁角对（　　　）　　　猎食对（　　　）

背一背

咏廿四气诗·小暑六月节

[唐]元稹

倏忽温风至，因循小暑来。

竹喧先觉雨，山暗已闻雷。

户牖深青霭，阶庭长绿苔。

鹰鹯新习学，蟋蟀莫相催。

第七课　中国节气——大暑

知识窗

大暑，是二十四节气中的第十二个节气，也是夏季最后一个节气，同时是一年中最热的时期。大暑期间，人们要用隐蔽伏居的方法来避盛暑之热。

第一候：腐草为萤。萤火虫产卵在落叶与枯草之间，卵经幼虫、蛹而最终成为成虫，在盛夏孵化而出。第二候：土润溽暑。此时土壤内湿气大，天气也湿热难耐，这种蒸郁的热天也是最难过的。第三候：大雨时行。早上的湿热之气升至对流层，在高空遇冷，常在午后降下大雨，如此可以稍稍缓解暑气。

国学馆

松对竹，荇对荷。薜荔对藤萝。

雕云对镂月，樵唱对渔歌。

升鼎雉，听经鹅。北海对东坡。

吴郎哀废宅，邵子乐行窝。

丽水良金皆待冶，昆山美玉总须磨。

雨过皇州，琉璃色灿华清瓦；

风来帝苑，荷芰香飘太液波。

对一对

大暑对（　　　　）　　　中伏对（　　　　）

雨过对（　　　　）　　　热浪对（　　　　）

背一背

采桑子十首·其七

[宋]欧阳修

荷花开后西湖好，载酒来时，不用旌旗，前后红幢绿盖随。

画船撑入花深处，香泛金卮，烟雨微微，一片笙歌醉里归。

第八课　楹联里的秋天

知识窗

秋季是收获的季节，万物开始从繁茂成长趋向萧索成熟。气候由热转寒。万物随寒气增长，逐渐萧落，最明显的变化是草木的叶子由绿转黄，并开始凋落，庄稼则开始成熟。

描写秋天的四字词语有：五谷丰登、一叶知秋、春华秋实、天朗气清、秋风落叶、金风玉露、春去秋来、落叶知秋、秋月春花、层林尽染、橙黄橘绿、丹枫迎秋等。

国学馆

清对浊，美对嘉。鄙吝对矜夸。

花须对柳眼，屋角对檐牙。

志和宅，博望槎。秋实对春华。

乾炉烹白雪，坤鼎炼丹砂。

深宵望冷沙场月，绝塞听残野戍笳。

满院松风，鱼声隐隐为僧舍；

半窗花月，鹤影依依是道家。

对一对

金秋对（　　　　）　　　丰收对（　　　　）

晴空对（　　　　）　　　雁阵对（　　　　）

背一背

描写秋天的诗句：

空山新雨后，天气晚来秋。

——王维《山居秋暝》

一声梧叶一声秋，一点芭蕉一点愁。

——徐再思《水仙子·夜雨》

第九课　中国节气——立秋

知识窗

立秋，是秋季的第一个节气，意味着秋天的开始。到了立秋，梧桐树开始落叶，因此有"落叶知秋"的成语。从文字角度来看，"秋"字由"禾"字与"火"字组成，是禾谷成熟的意思。

第一候：凉风至。经过大暑的大雨，暑气渐消，由热带吹来的西南季风变为西太平洋吹来的台风。第二候：白露降。立秋之后，早晚温差渐大，夜间湿气接近地面，在清晨形成白雾，未凝结成水珠，有了秋天的寒意。第三候：寒蝉鸣。它与夏至第二候"蜩始鸣"相呼应。在秋天叫的蝉称为"寒蝉"，寒蝉感应到阴气生而开始鸣叫。

国学馆

疏对密，朴对华。义鹘(hú)对慈鸦。

鹅群对雁阵，白苎(zhù)对黄麻。

读三到，吟八叉。肃静对喧哗。

围棋兼把钓，沉李并浮瓜。

羽客片时能煮石，狐禅千劫似蒸沙。

党尉粗豪，金帐笼香斟美酒；

陶生清逸，银铛融雪啜团茶。

对一对

梧叶对（　　　　）　　　凉风对（　　　　）

寒蝉对（　　　　）　　　白露对（　　　　）

背一背

立 秋

[宋]刘翰

乳鸦啼散玉屏空，一枕新凉一扇风。

睡起秋声无觅处，满阶梧叶月明中。

第十课　中国节气——处暑

知识窗

处暑，是秋季的第二个节气。"处"有"退"和"止"的意思。处暑也就是说炎热的天气到此为止，暑气开始退去。

第一候：鹰乃祭鸟。老鹰开始大量捕猎鸟类。第二候：天地始肃。天地肃杀之气渐起，万物开始凋零。第三候：禾乃登。"禾"是黍、稷、稻、粱类农作物的总称，"登"即成熟的意思。

国学馆

红对白，绿对黄。昼永对更长。

龙飞对凤舞，锦缆对牙樯。

云弁使，雪衣娘。故国对他乡。

雄文能徙鳄，艳曲为求凰。

九日高峰惊落帽，暮春曲水喜流觞。

僧占名山，云绕双林藏古殿；

客栖胜地，风飘万叶响空廊。

对一对

五谷对（　　　）　　　老鹰对（　　　）

凋零对（　　　）　　　枫叶对（　　　）

背一背

处暑后风雨

［宋］仇远

疾风驱急雨，残暑扫除空。

因识炎凉态，都来顷刻中。

纸窗嫌有隙，纨扇笑无功。

儿读秋声赋，令人忆醉翁。

第二编 三年级（下）

第一课　中国节气——白露

知识窗

白露，是秋季的第三个节气。"白露风，寒露雨"，这个时节，天气转凉，早晚温差甚大。夜晚，空气中的水蒸气附着在近地面的物体上，凝结成露水。秋天五行属金，金的颜色是白，故而称秋露为白露。

第一候：鸿雁来。秋天时，鸿雁自北方飞向南方，以避寒冬。第二候：玄鸟归。燕子春去秋来，于秋天自北方飞回南方。第三候：群鸟养羞。群鸟储存食物过冬，同时许多鸟有换羽行为，开始换上丰满的冬羽，适应即将来临的冬天。

国学馆

功对业，性对情。月上对云行。

乘龙对附骥，阆苑对蓬瀛。

春秋笔，月旦评。东作对西成。

隋珠光照乘，和璧价连城。

三箭三人唐将勇，一琴一鹤赵公清。

汉帝求贤，诏访严滩逢故旧；

宋廷优老，年尊洛社重耆英。

对一对

竹露对（　　　　）　　　鸿雁对（　　　　）

流萤对（　　　　）　　　水气对（　　　　）

背一背

白露

[唐] 杜甫

白露团甘子，清晨散马蹄。

圃开连石树，船渡入江溪。

凭几看鱼乐，回鞭急鸟栖。

渐知秋实美，幽径恐多蹊。

第二课　中国节气——秋分

知识窗

　　秋分，是秋季的第四个节气，时间一般为每年的公历 9 月 22、23 或 24 日。古时有"春祭日，秋祭月"的民俗活动，秋分曾是传统的祭月节，后来才将祭月节由"秋分"调至"中秋"。

　　第一候：雷始收声。古人认为雷是因为阳气盛而发声，秋分以后阴气逐渐旺盛，所以不再打雷了。第二候：蛰虫坏户。众多小虫都已经穴藏起来了,还用细土封实孔洞以避免寒气入侵。第三候:水始涸。到了秋天,河川流量开始变小,水泽开始干涸。

国学馆

庚对甲,巳对丁。魏阙对彤庭。

梅妻对鹤子,珠箔对银屏。

鸳浴沼,鹭飞汀。鸿雁对鹡鸰(jí líng)。

人间寿者相,天上老人星。

八月好修攀桂斧,三春须系护花铃。

江阁秋登,一水净连天际碧;

石栏晓倚,群山秀向雨余青。

对一对

寒气对（　　　）　　平分对（　　　）

昼夜对（　　　）　　洞穴对（　　　）

背一背

秋思

[唐]张籍

洛阳城里见秋风,欲作家书意万重。

复恐匆匆说不尽,行人临发又开封。

第三课　中国节气——寒露

知识窗

寒露，是秋季的第五个节气。白露后，天气转凉，开始出现露水，到了寒露，则露水日多，且气温更低了。所以，有人说，寒是露之气，先白而后寒，是气候逐渐转冷的意思。

第一候：鸿雁来宾。鸿雁南下时间长，同一种候鸟也会有先来后到的情形。第二候：雀入大水为蛤。深秋天寒时节，蛤类会大量繁殖。第三候：菊有黄华。黄色的菊花在秋天绽放。文人墨客尝蟹赏菊，更是成为当时秋季的盛事。

国学馆

蘋对蓼，茜(qiàn)对菱。雁弋对鱼罾(zēng)。

齐纨对鲁缟，蜀锦对吴绫。

星渐没，日初升。九聘对三征。

萧何曾作吏，贾岛昔为僧。

贤人视履循规矩，大匠挥斤按准绳。

野渡春风，人喜乘潮移酒舫；

江天暮雨，客愁隔岸对渔灯。

对一对

鸿雁对（　　　）　　　　赏菊对（　　　　）

螃蟹对（　　　）　　　　桂花对（　　　　）

背一背

夜雨寄北

［唐］李商隐

君问归期未有期，巴山夜雨涨秋池。

何当共剪西窗烛，却话巴山夜雨时。

第四课　中国节气——霜降

知识窗

霜降，是秋季的最后一个节气。《二十四节气解》说："气肃而霜降，阴始凝也。"这时天气已冷，出现霜冻，所以叫霜降。

第一候：豺乃祭兽。豺是似狗的动物，豺捕到野兽后，先陈列出来，似祭拜一番再食用。第二候：草木黄落。深秋后，万物生长速度减慢，而且水分少，落叶植物的叶片会转为枯黄而后掉落。第三候：蛰虫咸俯。咸俯是垂头不动的样子。各种过冬的小虫在其藏身之处不食也不活动，进入冬眠状态。

国学馆

歌对曲,啸对吟。往古对来今。

山头对水面,远浦对遥岑。

勤三上,惜寸阴。茂树对平林。

卞和三献玉,杨震四知金。

青皇风暖催芳草,白帝城高急暮砧。

绣虎雕龙,才子窗前挥彩笔;

描鸾刺凤,佳人帘下度金针。

对一对

霜叶对(　　　)　　　冬眠对(　　　)

枯黄对(　　　)　　　飘落对(　　　)

背一背

山行

[唐]杜牧

远上寒山石径斜,白云生处有人家。

停车坐爱枫林晚,霜叶红于二月花。

第五课　中国节气——立冬

知识窗

立冬，是冬季的第一个节气，也是汉族传统节日之一。立，建始也，表示冬季自此开始。冬，终也，万物收藏也。立冬是冬季开始，万物收藏，规避寒冷的意思。

第一候：水始冰。此时，中国北部天气已经寒冷，水泽开始结冰。第二候：地始冻。土壤中的水分因天冷而冻结，使得土壤变硬。第三候：雉入大水为蜃。立冬时节，蜃类动物大量繁殖，古人以为蜃是雉所化。

国学馆

宫对阙，座对龛。水北对天南。

蜃楼对蚁郡，伟论对高谈。

遴杞梓，树梗楠。得一对函三。

八宝珊瑚枕，双珠玳瑁簪。

萧王待士心惟赤，卢相欺君面独蓝。

贾岛诗狂，手拟敲门行处想；

张颠草圣，头能濡墨写时酣。

对一对

北风对（　　　）　　　冻土对（　　　）

冰河对（　　　）　　　冬藏对（　　　）

背一背

立冬

[明]王稚登

秋风吹尽旧庭柯,黄叶丹枫客里过。

一点禅灯半轮月,今宵寒较昨宵多。

第六课　中国节气——小雪

知识窗

　　小雪,是冬季的第二个节气,此时,天气变冷,开始下初雪,但雪势不大。南方有的地区降雪还要晚两个节气,而北方已进入封冻季节。

　　第一候:虹藏不见。彩虹出现是因为天地间阴阳之气交泰,而此时,阴气旺盛,阳气隐伏,天地不交,所以虹也藏起来了。第二候:天气升地气降。阳气回到天上,阴气降到地面,因此天地不通,万物寂然。第三候:闭塞成冬。由于天地之气闭塞,一切显得毫无生机。

国学馆

宽对猛,冷对炎。清直对尊严。

云头对雨脚,鹤发对龙髯。

风台谏,肃堂廉。保泰对鸣谦。

五湖归范蠡，三径隐陶潜。

一剑成功堪佩印，百钱满挂便垂帘。

浊酒停杯，容我半酣愁际饮；

好花傍座，看他微笑悟时拈。

对一对

云头对（　　　）　　　鹤发对（　　　）

长虹对（　　　）　　　冰封对（　　　）

背一背

梅花

［宋］王安石

墙角数枝梅，凌寒独自开。

遥知不是雪，为有暗香来。

第七课　中国节气——大雪

知识窗

大雪，是冬季的第三个节气。大雪前后，全国很多地方渐有积雪；而北方已是"千里冰封，万里雪飘"。

第一候：鹖鴠（鹖旦）不鸣。鹖鴠是一种在冬季仍会号叫的鸟，但到了"大雪"时节也感受到天寒地冻、天地冷肃之气氛而停止鸣叫了。第二候：虎始交。阴气盛极将衰，老虎开始求偶。第三候：荔挺出。一种叫"荔"的蔺草在万物均为雪所覆盖的时候，顽强生长，露出地表。

国学馆

连对断，减对添。淡泊对安恬。

回头对极目，水底对山尖。

腰袅袅，手纤纤。凤卜对鸾占。

开田多种粟，煮海尽成盐。

居同九世张公艺，恩给千人范仲淹。

箫弄凤来，秦女有缘能跨羽；

鼎成龙去，轩臣无计得攀髯。

对一对

回头对（　　　）　　水底对（　　　）

冰凌对（　　　）　　冻土对（　　　）

背一背

逢雪宿芙蓉山主人

［唐］刘长卿

日暮苍山远，天寒白屋贫。

柴门闻犬吠，风雪夜归人。

第八课　中国节气——冬至

知识窗

冬至，是冬季的第四个节气，在《尚书·尧典》中被称为"日短"（表示这天白天最短），古人认为这是一年中非常重要的一天。《夏小正》将其称为"时有养夜"，表示这天夜最长。冬至可能是中国最早被测定和记录的节日之一。

第一候：蚯蚓结。此时，蚯蚓仍相互交缠，成结状，缩成一团在土里过冬。第二候：麋角解。麋在冬至时感受阴气渐退而解角。第三候：水泉动。因阳气引发，深埋于地底之水泉仍可流动，未完全冻结。

国学馆

人对己，爱对嫌。举止对观瞻。

四知对三语，义正对辞严。

勤雪案，课风檐。漏箭对书签。

文繁归獭祭，体艳别香奁。

昨夜题梅更一字，早春来燕卷重帘。

诗以史名，愁里悲歌怀杜甫；

笔经人索，梦中显晦老江淹。

对一对

冬至对（　　　）　　　蚯蚓对（　　　）

饺子对（　　　）　　　数九对（　　　）

背一背

邯郸冬至夜思家

［唐］白居易

邯郸驿里逢冬至，抱膝灯前影伴身。

想得家中夜深坐，还应说着远行人。

第九课　中国节气——小寒

知识窗

小寒，是冬季的第五个节气，标志着进入一年中最寒冷的日子。小寒一过，就进入"出门冰上走"的三九天了。此时，冰最坚硬，不易融化，可耐久藏，所以古时的凌官都在此时凿冰藏冰。

第一候：雁北乡。此时，阳气开始上升，雁群启程从南方飞往北方。第二候：鹊始巢。喜鹊开始筑巢，准备孕育后代。第三候：雉始鸲。鸲是鸣叫的意思。野鸡感受到阳气的上升，开始鸣叫求偶。

国学馆

梧对杞，柏对杉。夏濩对韶咸。

涧瀍对溱洧，巩洛对崤函。

藏书洞，避诏岩。脱俗对超凡。

贤人羞献媚，正士嫉工谗。

霸越谋臣推少伯，佐唐藩将重浑瑊。

邺下狂生，羯鼓三挝捐锦袄；

江州司马，琵琶一曲湿青衫。

对一对

喜鹊对（　　　）　　　故乡对（　　　）

筑巢对（　　　）　　　凿冰对（　　　）

背一背

寒夜

〔宋〕杜耒

寒夜客来茶当酒，竹炉汤沸火初红。

寻常一样窗前月，才有梅花便不同。

第十课　中国节气——大寒

知识窗

大寒，是二十四节气中最后一个节气。虽然天气严寒，但因为已近年尾，人们开始忙碌起来，家家户户赶着腌制腊味，除旧布新，准备年货。

第一候：鸡始乳。母鸡开始孵育小鸡。第二候：征鸟厉疾。征鸟是指猛禽，因受到饥寒之苦，仍翱翔于天际，追捕猎物。第三候：水泽腹坚。此时寒冷已极，河川的冰直冻到水中央，形成又厚又硬的冰块。

国学馆

袍对笏，履对衫。匹马对孤帆。
　　　　　　　　　　　　hù

琢磨对雕镂，刻划对镌镵。
　　　　　　　　　　　chán

星北拱，日西衔。卮漏对鼎馋。

江边生杜若，海外树都咸。

但得恢恢存利刃，何须咄咄达空函。
　　　　　　　　　　　kuí

彩凤知音，乐典后夔须九奏；

金人守口，圣如尼父亦三缄。

大寒对（　　　　）　　　水泽对（　　　　）

征鸟对（　　　）　　　　腊酒对（　　　）

背一背

大寒吟

［宋］邵雍

旧雪未及消，新雪又拥户。

阶前冻银床，檐头冰钟乳。

清日无光辉，烈风正号怒。

人口各有舌，言语不能吐。

第三编　四年级（上）

第一课　认识楹联

知识窗

楹联，又叫对联，俗称对子，是一种写在纸、布上或刻在竹子、木头等上的对偶语句。对联一说起源于桃符，另一说起源于春帖。古人在立春日多贴"宜春"二字，后渐渐发展为春联，表达了中国劳动人民一种辟邪除灾、迎祥纳福的美好愿望。

对联作为一种习俗，是中华传统文化的重要组成部分。2006年，经国务院批准，楹联习俗被列入第一批国家级非物质文化遗产名录。楹联习俗在华人乃至全球使用汉语的地区以及与汉语汉字有文化渊源的民族中传承、流播，对于弘扬中华传统文化有着重大价值。

国学馆

资料馆

清代诗人富察敦崇在《燕京岁时记·春联》中记载："春联者，即桃符也。自入腊以后，即有文人墨客，在市肆檐下，书写春联，以图润笔，祭灶之后，则渐次粘挂，千门万户，焕然一新。"

楹联里的中国花卉

我国地域辽阔,物产丰富,花卉栽培历史悠久。在几千年的栽培与应用中,各地、各时期都积淀了丰富的花卉文化。在我国有十大名花之说,它们具有丰富的文化内涵,分别是:梅花(花中之魁)、牡丹花(花中之王)、菊花(凌霜绽妍)、兰花(君子之花)、月季花(花中皇后)、杜鹃花(花中西施)、茶花(花中娇客)、荷花(水中芙蓉)、桂花(十里飘香)、水仙花(凌波仙子)。这十种花分别包含着中国不同层面的精神文化底蕴,有着深厚而浓重的历史内涵,各自在花卉界独树一帜,承载着中国传统文化的非凡意义。

练习台

1. 对一对。

清荷对(　　　)　　寒梅对(　　　)　　牡丹对(　　　)

杜鹃对(　　　)　　千娇对(　　　)　　百花对(　　　)

三春对(　　　)　　姹紫对(　　　)

2. 读一读,在括号里写出和诗句对应的中国花卉。

云想衣裳花想容,春风拂槛露华浓。(　　　)

江南无所有,聊赠一枝春。(　　　)

澹墨轻和玉露香,水中仙子素衣裳。(　　　)

第二课　楹联探源

知识窗

楹联在我国由来已久。溯其渊源，最早出现的是春联。春联又是由"桃符"演化而来的。桃符产生于秦代前后。从传统春联"爆竹一声除旧，桃符万户更新"中能看出春联与桃符的关系。所谓桃符，据《淮南子》的记载，是用一寸宽、七八寸长的桃木做的。将神荼、郁垒二神的名字或图像，分别书写或画在两块深红色的桃木板上（左神荼、右郁垒），并悬挂于大门左右，以镇邪驱鬼。民间俗称"门神"。到了五代，后蜀主孟昶作了我国最早的一副春联——"新年纳余庆，嘉节号长春"。自此以后，文人雅士便群起效仿，于是题春联之风便逐渐流传开来。

国学馆

资料馆

《宋史·蜀世家》记载，五代后蜀主孟昶"每岁除，命学士为词，题桃符，置寝门左右。末年，学士幸寅逊撰词，昶以其非工，自命笔题云'新年纳余庆，嘉节号长春'"。这是我国最早出现的一副春联。

中国风

楹联里的梅花

"天地心从数点见,河山春借一枝回。"这副楹联写的是梅,意为从数点梅花中就能领悟到天地的奥秘,春天的气息和生机仿佛借一枝梅花就回到了河山之中。梅花是中国十大名花之首,与兰、竹、菊一起并列为"四君子",与松、竹并称为"岁寒三友"。梅花培植起于商代,已有三四千年历史。梅花是中华民族与中国精神的象征之一,具有强大而普遍的感染力和推动力。在严寒中,梅开百花之先,独天下而春,迎雪吐艳,凌寒飘香,铁骨冰心。国人赏梅,不仅赏梅花的外表,更赏梅花中蕴含的人格寓意和精神力量。在文学艺术史上,梅联、梅诗、梅画数量之多,更足以令任何一种花都望尘莫及。

练习台

1. 对一对。

疏影对(　　　　)　　　老树对(　　　　)

铁骨对(　　　　)　　　傲雪对(　　　　)

2. 填一填。

明朝诗人陈仁锡说:"梅有四贵,贵____不贵繁,贵____不贵嫩,贵____不贵肥,贵____不贵开。"

郑板桥有一联题梅:竹疏烟补____,梅瘦雪添____。

3. 你家附近有梅园吗?请找个机会去赏梅。

第三课　了解对仗

知识窗

　　一副标准的楹联,它最本质的特征是"对仗"。当它用口头表达时,是语言对仗;当它写出来时,是文字对仗。什么是对仗?简单来说,对仗就是按照字音的平仄和字义的虚实做成对偶的语句。在古代,人们自幼童时期起,就进行这种文学修养的训练。《声律启蒙》是训练儿童应对、掌握声韵格律的启蒙读物,按韵分编,包罗天文、地理、花木、鸟兽、人物、器物等的虚实应对。从单字对到双字对,三字对、五字对、七字对到十一字对,声韵协调,朗朗上口。

国学馆

声律启蒙

　　云对雨,雪对风。晚照对晴空。

　　来鸿对去燕,宿鸟对鸣虫。

　　三尺剑,六钧弓。岭北对江东。

　　人间清暑殿,天上广寒宫。

　　两岸晓烟杨柳绿,一园春雨杏花红。

　　两鬓风霜,途次早行之客;

　　一蓑烟雨,溪边晚钓之翁。

楹联里的牡丹

"百花贵为首,群芳独尊王。"这副楹联题的是中国十大名花之一的牡丹。牡丹,色泽艳丽,玉笑珠香,风流潇洒,富丽堂皇,素有"花中之王"的美誉。牡丹是中国特有的木本名贵花品种,有数千年自然生长和1500多年人工栽培的历史。在栽培类型中,根据花的颜色,可分成上百个品种。牡丹品种繁多,色泽亦多,以黄、绿、肉红、深红、银红为上品,尤以黄、绿为贵。牡丹花大而香,故又有"国色天香"之称。唐代诗人刘禹锡曰:"庭前芍药妖无格,池上芙蕖净少情。唯有牡丹真国色,花开时节动京城。"

练习台

1. 对一对。

国色对(　　　)　　富丽对(　　　)

上品对(　　　)　　魏紫对(　　　)

2. 选字填一填。

国色朝＿＿＿酒,天香夜＿＿＿衣。(染、酣)

刚心＿＿＿＿高万卉,华贵＿＿＿＿压群芳。(秀姿、气节)

玉骨＿＿＿＿腰积翠,游人＿＿＿＿意难休。(玲珑、络绎)

第四课　字数相等

知识窗

对联文字长短不一，短的仅一两个字，长的可达几百字。无论长短，同一副联的上联字数要等于下联字数；如果是长联，上下联的各分句字数也要分别相等。如民国时期陆润庠题江苏苏州寒山寺联：

近郭古招堤，毗连浒墅名区，渔火秋深涵月影；

傍山新结构，依旧枫江野渡，客船夜半听钟声。

上下联各18个字，分别由五言、六言、七言的三句构成，总字数亦相等。除有意空出某字的位置以达到某种效果外，上下联字数必须相同，不多不少。

国学馆

资料馆

据说，明人解缙的家门正对富豪的竹林。除夕，他在门上贴了一副春联：门对千根竹，家藏万卷书。富豪见了，叫人把竹林砍掉。解缙深解其意，于上下联各添一字：门对千根竹短，家藏万卷书长。富豪更加恼火，下令把竹子连根挖掉。解缙暗笑，在上下联又添一字：门对千根竹短无，家藏万卷书长有。富豪气得目瞪口呆。

中国风

楹联里的菊花

"一径金黄杀百色,半篱清气傲三秋。"这是一副咏菊的楹联。菊花,是中国十大名花之一,它于秋风中开放,姿韵不凡,临霜不凋。自古就有许多著名的文人赞誉它。像春秋战国时期的屈原、晋代的陶渊明、唐代的元稹、明代的唐寅等。菊花为高洁、坚贞不屈和顽强的象征,与梅、兰、竹并称为"四君子",与兰、水仙、菖蒲合称为花中"四雅"。因陶渊明采菊东篱下,菊花得了"花中隐士"的封号。中国人有重阳节赏菊和饮菊花酒的习俗。在神话传说中,菊花还被赋予了吉祥、长寿的含义。

练习台

1. 对一对。

暗香对（　　　）　　四雅对（　　　）　　东篱对（　　　）

寒霜对（　　　）　　君子对（　　　）　　隐士对（　　　）

2. 读一读,在联后的括号里标出几言联。

香如茗淡,韵及禅深。　　　　　　　　　　　　　　（　　　）

客去三径冷,花来一天秋。　　　　　　　　　　　　（　　　）

一径金黄杀百色,半篱清气傲三秋。　　　　　　　　（　　　）

独立寒秋,质傲清霜存晚节;集居老圃,香凝玉露醉西风。

（　　　）

3. 填一填。

孟浩然《过故人庄》："待到_____日，还来就菊花。"

苏轼《赠刘景文》："荷尽已无_____盖，菊残犹有_____枝。"

第五课　词性相当

知识窗

词性即词的特点，同词性即划分为同一特点的词类。根据词类讲究字词对仗，是对联中对偶艺术的关键。词性相当，是指上下联在对应的位置上，所用词语的词性应当相同或相近。虽然古人对词类的划分和今人的标准不同，但词分虚实是必要的，古人云："实对实，虚对虚。"现代汉语规定的实词包括名词、动词、形容词、代词、数词和量词六种；虚词分为副词、介词、连词、助词、叹词五种。我们今天对对子，要确保上下联中对应位置的字词词性相同，也就是要名词对名词、动词对动词、形容词对形容词、数词对数词、量词对量词等，即同类词对同类词。所属范畴越小，对仗越精工。

国学馆

资料馆

据说，明代探花戴大宾五岁时，参加童子试。诸生见其年少，笑问：

"欲为何官？"戴答道："阁老。"众人戏之曰："未老思阁老。"戴大声答道："无才做秀才。"众皆大笑。

中国风

楹联里的兰花

"三径香风飘玉蕙，一庭明月照金兰。"这是一副咏兰的楹联。兰花，中国十大名花之一，在中国有一千余年的栽培历史。中国人历来把兰花看作高洁典雅的象征，并与梅、竹、菊并列，合称"四君子"。自古以来，中国人就爱兰、养兰、咏兰、画兰，古人曾有"观叶胜观花"的赞叹。人们欣赏兰花与草木为伍，不与群芳争艳，不畏霜雪欺凌，坚忍不拔的刚毅气质。人们通常以"兰章"比喻诗文之美，以"兰交"比喻友谊之真，如"气如兰兮长不改，心若兰兮终不移""寻得幽兰报知己，一枝聊赠梦潇湘"。

练习台

1. 对一对。

幽芳对（   ）   空谷对（   ）   芷若对（   ）

蕙质对（   ）   兰章对（   ）   清香对（   ）

2. 连一连，兰花名联对对碰。

一川烟雨过山舍　　　　　　兰草闲题素壁间

清茶慢品飞花处　　　　　　空谷幽兰绝美人

凌云劲竹真君子　　　　　　满树兰花迎故人

第六课　词性对品——名词

知识窗

名词，表示人和事物名称的词，大致可分为十多类。凡词性相近或互相有关系的叫近类，如天文、地理和时令部分，人伦、人物和形体，文事和武备等；词性不相同，又无多大关系的叫远类，如动物和服饰，天文和饮食，人伦和器物等。写作对联时，如同类无词可对，可求近类；近类都不能表达意境时，可以求诸远类。但总体来说，还是要求用专有名词对专有名词，具体名词对具体名词，抽象名词对抽象名词。

国学馆

资料馆

据说，杨继盛读私塾时，有一次，先生外出，学生们偷懒，就开始游戏玩耍，正在兴头上，不料先生突然回来，大家慌忙四处藏匿。先生大怒，挨个罚跪，并出对"藏形匿影"，叫学生对，表示先对出者免罚，对不出的继续罚跪。只见杨继盛微微一笑，答对："显姓扬名。"先生脸上的怒气顿时一扫而光，惊呼"此乃绝对也"，伸手将杨继盛拉起来。从此，杨继盛擅对出了名。

楹联里的月季

"十日轮流千萼秀，一年占得四时春。"这是一副吟咏月季的楹联。

月季是传说中的黄帝部族的图腾植物,为中国十大名花之一。月季坚韧不屈,花香悠远,被誉为"花中皇后"。原产于中国,早在汉代就有栽培,唐宋以后更是栽种不绝,历来文人也留下了不少赞美月季的诗词和楹联。唐代著名诗人白居易曾有"晚开春去后,独秀院中央"的诗句。宋代词人苏轼有云:"花落花开无间断,春来春去不相关。牡丹最贵惟春晚,芍药虽繁只夏初。惟有此花开不厌,一年长占四时春。"宋代词人韩琦对它更是赞誉有加:"牡丹殊绝委春风,露菊萧疏怨晚丛。何以此花荣艳足,四时长放浅深红。"

练习台

1. 对一对。

月月红对（　　　　）　　　花中皇后对（　　　　）

四时春对（　　　　）　　　满院花开对（　　　　）

2. 读一读,用横线标出下列对联中的名词。

花落花开无间断,春来春去不相关。

十日轮流千萼秀,一年占得四时春。

第七课　词性对品——动词

知识窗

动词，是表示动作或变化的词，有走、跑、坐、卧、说、唱、吃、喝、笑、视、听、浮、沉、争、斗、问等。如朱德题成都杜甫草堂联："草堂留后世，诗圣著千秋。""著"对"留"，都是动词。如徽州戏台联："声为律吕身为度，云想衣裳花想容。""想"对"为"，都是动词。如南昌滕王阁联："依然极浦遥山，想见阁中帝子；安得长风巨浪，送来江上才人。""想见"和"送来"都是动词。

国学馆

资料馆

据说，杨继盛小时候，表叔来家中做客，刚好家里酒没了，杨继盛就到店里去买，凑巧店里也卖完了。表叔出联戏道："无酒是穷主。"只听见一个略带稚气的声音应声答道："有儿为名臣。"表叔一看，原来竟是小继盛，不禁啧啧称赞。杨继盛长大后，官至兵部员外郎，果然成了一代名臣。

楹联里的杜鹃花

"归心千古终难白，啼血万山都是红。"这副楹联写的是杜鹃。杜鹃又名映山红，是中国十大名花之一，被人们誉为"花中西施"。它如火如荼、灿若朝霞、艳盖桃李，相传是古代蜀国的望帝死后化成的杜鹃鸟悲啼时口中滴落的鲜血所化。杜鹃花十分美丽，有深红、淡红、玫红、紫、白等多种色彩。春季，当杜鹃花开放时，满山鲜艳，像彩霞绕林。

练习台

1. 对一对。

行走对（　　　）　　　笑问对（　　　）

翻开对（　　　）　　　遥望对（　　　）

2. 读一读，用横线标出下列对联中的动词。

枝枝血染花风晚，萼萼愁开谷雨晴。

火树风来翻绛焰，琼枝日出晒红纱。

第八课　词性对品——代词

知识窗

代词，用以代替名词、动词、形容词、数词、量词等。如峨眉山报国寺联："我奉雪山为赠品，君收云海作诗声。""君"对"我"，都是代词。又如酒泉励清楼联："中圣人之清，有如此水；取醉翁之意，以名吾亭。"

上联的"此"指酒泉，和下联的"吾"相对，都是代词。

资料馆

郭沫若幼年在私塾读书。据说，有一次和同学们一起偷吃了庙里的桃子。和尚找先生告状，先生追责，没人承认。先生说："我出个对子，谁对上谁免罚。"先生曰："昨日偷桃钻狗洞，不知是谁？"郭沫若思索了片刻，对道："他年攀桂步蟾宫，必定有我。"先生惊其才华，极为高兴，全体免罚。

楹联里的桂花

"桂子月中落，天香云外飘。"这副楹联题的是桂花。桂花是中国传统十大名花之一，是集绿化、美化、香化于一体的观赏与实用兼备的优良园林树种，清可绝尘，浓香远溢，堪称一绝。尤其是仲秋时节，丛桂怒放，夜静轮圆之际，把酒赏桂，香气扑鼻，令人神清气爽。桂花在我国传统文化中是月宫中的仙葩，自古就深受国人喜爱。春秋战国时期，有关桂花美酒的佳句就开始出现；到了唐代，吴刚酿造桂花酒的故事广为流传。在中国古代的咏花楹联诗词中，咏桂之作的数量也颇为可观。古人将考取进士称为"蟾宫折桂"。

练习台

1. 对一对。

月圆对（　　　　）　　桂花酒对（　　　　　）　　蟾宫折桂对（　　　　　）

仙葩对（　　　　）　　中秋夜对（　　　　　）　　三秋桂子对（　　　　　）

2. 请用波浪线标出下列对联中的代词。

财神庙联：

只有几文钱，你也求，他也求，给谁是好？

不做半点事，朝也拜，夕也拜，教我为难。

飨堂联：

富贵无常，尔小子勿忘贫贱；

圣贤可学，我清门但读时书。

第九课　词性对品——形容词

知识窗

形容词是表示事物的性质和变化的词，有好、坏、美、丑、软、硬、难、易、凉、热、大、小、长、短等。例如，石达开题宜山白龙洞联："挺身登峻岭，举目照遥空。""遥"对"峻"，都是形容词，表示空和岭的特征。再如,张惠勋题汉阳鹦鹉洲联:"芳草萋萋,孤冢西望已陈迹;洪涛滚滚,大江东去有新声。""萋萋"对"滚滚",都是叠字形容词;"陈"对"新",也都是形容词。

资料馆

程敏政幼时被人称为神童。据说,大臣李贤欲招其为婿,指着席上果品出对曰:"因荷(何)而得藕(偶)。"程对道:"有杏(幸)不须梅(媒)。"李贤大喜,乃将女儿配之。

楹联里的荷花

"四面荷花三面柳,一城山色半城湖。"这副楹联写出了荷花之美。荷花,也叫莲花,在中国十大名花中是品德高尚的花。早在周朝时期,荷花就已经被人工栽培。荷花因"中通外直,不蔓不枝,出淤泥而不染,濯清涟而不妖"的高尚品格,成为古往今来文人墨客题咏的重要题材之一。又因"荷"与"和""合"谐音,"莲"与"廉""连"谐音,故人们经常将荷作为和平、和谐的象征,以莲的高洁来比喻人的品性廉洁。

练习台

1. 对一对。

清荷对(　　　)　　　小池对(　　　)

红莲对(　　　)　　　亭亭对(　　　)

2. 请用波浪线画出下列联句中的形容词。

花红叶碧，水浊心清。

第十课　词性对品——数量词

知识窗

数词是表示数目的词，有一、二、三、四、五、六、七、八、九、十、百、千、万、亿、兆、半等，如无锡梅园联："七十二峰青未断，万八千株芳不孤。"前三字都是数字相对。

量词是表示计算单位的词，一般放在数词后，有升、斗、尺、丈、里、斤、吨、件等，如兰州河神庙联："曾经沧海千层浪，又上黄河一道桥。""道"对"层"，都是量词。

国学馆

资料馆

相传清乾隆五十年（1785年），乾隆皇帝在乾清宫开千叟宴，应邀赴宴的人有3000多人。其中有一老者141岁，皇帝以此为题，与纪晓岚对句。乾隆出了上联："花甲重逢，增加三七岁月。"纪晓岚思索片刻，当即对出下联："古稀双庆，更多一度春秋。"乾隆听罢，连声称妙。

中国风

楹联里的山茶

"悄然匀景堆香雪,玉挂金枝晒朝霞。"这副楹联题的是山茶。山茶是我国特有的珍贵花品种,在世界园林花木中与杜鹃、报春一起被誉为中国三大名花,也位列中国十大名花之一。山茶花产自云南,早在隋唐时就已有人工栽培。明清时期,云南大理一带成为著名的山茶花乡,培育出许多著名品种。山茶姿色俱佳,潇洒自若,繁花满枝,簇锦峥嵘,红艳生辉,红似火,白如玉。其因寒冬怒放而有着"不畏严寒及强暴"的寓意。宋朝诗人王十朋题诗道:"一枕春眠到日斜,梦回喜对小山茶。道人赠我岁寒种,不是寻常儿女花。"

练习台

1. 对一对。

两朵山茶对(   )   一枕春眠对(   )

万树繁花对(   )   十里花香对(   )

2. 读一读,分别用横线和波浪线标出联中的数词和量词。

四川峨眉山伏虎寺联:

云卷千峰集,风驰万壑开。

扬州濯清堂联:

十分春水双檐影,百叶莲花七里香。

第四编 四年级（下）

第一课 词性对品——副词

知识窗

副词一般放在动词、形容词前，表示范围、程度、时间、肯定、否定、反问、祈使、礼貌等，包括相、很、甚、即、必、未、岂、请。例如函谷关犹龙阁联："未许田文轻策马，愿逢老子再骑牛。""未""轻""愿""再"都是动词前的副词，"未"表示否定，"轻"表示程度，"愿"表示祈使，"再"表示范围。又如成都杜甫草堂联："侧身天地更怀古，独立苍茫自咏诗。""自"对"更"，都是副词，"自"表示范围，"更"表示程度。

国学馆

资料馆

古代有个才子，平日挥霍无度，过年时缺柴少米，只好在门上贴了副对联："行节俭事，过淡泊年。"邻里有个老人看了，在上下联各添一字："早行节俭事，免过淡泊年。"观者为之捧腹。

中国风

楹联里的水仙花

"不惧淤泥侵皓素，全凭风露发幽妍。"这副楹联是题水仙的名句。

水仙在中国传统文化中被誉为"凌波仙子",叶如翠带,花似素裳,白花黄心,香清而微。它于严冬开放,预示着春天的来临,是我国家喻户晓的水养盆花。其花莹润,其香清幽。水仙在中国已有一千多年栽培历史,为传统观赏花种,是中国十大传统名花之一。水仙花独具天然丽质,芬芳清新,素洁幽雅,超凡脱俗。因此,人们自古以来就将其与兰花、菊花、菖蒲并列为"花中四雅",又将其与梅花、茶花、迎春花并列为"雪中四友"。它只要一碟清水、几粒卵石,就能在万花凋零的寒冬腊月展翠吐芳,春意盎然,祥瑞温馨。人们用它庆贺新年,作为"岁朝清供"的年花。

练习台

1. 对一对。

甚美对（　　　　）　　　花中四友对（　　　　）

极雅对（　　　　）　　　案头清供对（　　　　）

2. 读一读,用括号标出联中的副词。

衡岳云高,出岫(xiù)当为天下雨;

牂(zāng)牁(kē)风静,开樽遥把洞庭春。

第二课　词性对品——介词

知识窗

介词，用在名词、代词或名词性词组前，组成介词结构，表示时间、处所、方式、原因、状态、目的，包括在、于、本、因、由、以、向、与、对、和、同等。如古联："绿水本无忧，因风皱面；青山原不老，为雪白头。""原""本"表示状态，"因""为"表示原因，都是介词。

国学馆

资料馆

清朝乾隆年间，湖湘一老人百岁，岳麓书院主讲王文清送百岁老人一寿联："人生不满公今满，世上难逢我竟逢。""人生不满百""世上难逢百岁人"均为世间俗语，上、下联虽将"百"字隐去，但所言均在"百"上，可谓巧妙。

楹联里的杏花

"小楼一夜听春雨，深巷明朝卖杏花。"这是陆游题杏花的名句。杏花是古老的花木，在中国至少已有两千年的栽培历史。在中国传统中，杏花是十二花神之二月花，足见地位之高。盛开时的杏花，艳态娇姿，繁花丽色，胭脂万点，占尽春风。十多年以上的老杏树，姿态苍劲，冠大枝垂，若孤植于水池边，在水中形成古色古香的倒影，趣味无穷。杏花有变色的特点,含苞待放时朵朵鲜红,随着花瓣的绽放,色彩由浓渐渐转淡,到谢落时就成雪白一片。美丽的杏花千百年来给文人墨客提供了绝好的题材。

练习台

1. 填一填。

_____梅蕊闹,雨细_____香。

林外鸣鸠_____歇,屋头初日_____繁。

两岸_____杨柳绿,一园_____杏花红。

2. 读一读,用括号标出联中的介词。

台向海山奇处起,人从蓬岛胜中游。

水从碧玉环中过,人在苍龙背上行。

第三课　词性对品——连词

知识窗

连词是连接词、词组或分句,表示它们之间关系的词。常用的连词有:并列连词,如"和""跟""与"等;承接连词,如"则""乃""而"等;转折连词,如"却""但是""然而"等;因果连词,如"原来""因为""以致"等；选择连词，如"或""非……即……""不是……就是……"等；假设连词，如"若""如果""要是"等；比较连词，如"像""好比""如同"等；让步连词，如"虽然""尽管""纵然"等。如鄂尔泰的题菜圃联："此味易知，但须绿野秋来种；对他有愧，只恐苍生面色多。"

国学馆

资料馆

民国建立之初，名士王湘绮曾撰联一副："民犹是也，国犹是也，何分南北；总而言之，统而言之，不是东西。"此联讽刺的是袁世凯当总统时，对内实行专制统治，复辟帝制，对外出卖国家民族利益。联中分嵌了"民国总统"四字，直斥民国总统不是东西。

中国风

楹联里的桃花

"桃花人面红相映，杨柳春风绿更多。"这副楹联题的是桃花。桃花是中国传统的园林花木，被誉为"花中美人"。桃花在我国的栽培历史悠久，后来逐渐传到国外。每年3—6月，世界有很多地方以桃花为媒，举办不同的桃花节盛会。桃花树态优美，枝干扶疏，花朵丰腴，色彩艳丽，为早春重要观花树种之一，也是文学创作的常用素材。在国人眼里，有一种绝世的美叫"面若桃花"，"桃花浅深处，似匀深浅妆"。有一种极致的春光叫"桃花开"，"暖雨香风频相顾，花开正是好春光"。有一种永恒的精神家园叫"桃花源"，"桃花流水窅然去，别有天地非人间"。

> 练习台

1. 对一对。

十里桃花对（　　　　）　　　　桃李春风对（　　　　）

竹外桃花对（　　　　）　　　　桃花流水对（　　　　）

2. 读一读，用括号标出联中的连词。

问余何意栖碧山，笑而不答心自闲。

佳节清明桃李笑，野田荒垄只生愁。

桃花一簇开无主，可爱深红爱浅红。

3. 周末活动推荐。请在家人的陪伴下外出寻花并写一副桃花联。

第四课　词性对品——助词

> 知识窗

助词，附着在词、词组或句子上面，表示某种语法，有"焉""矣""耳""也""乎""哉""者""呢""吗""嘛"等。如周亮工题仙霞岭关帝庙联："拜斯人便思学斯人，莫混账磕了头去；入此山须要出此山，当仔细扪着心来。""着"对"了"，都是时态助词。对联语言幽默尖刻，对迷信的混账冷嘲热讽、嬉笑怒骂，读了让人顿觉舒畅。

国学馆

资料馆

《古今谭概》载,高则成六七岁时,便聪敏不凡。一日高从私塾回家,适逢某尚书出门送客,尚书见高身穿绿袄,便呼而嘲之:"出水蛙儿穿绿袄,美目盼兮。"高见尚书身穿红袍,与客人揖别,便出下联反唇相讥:"落汤虾子着红袍,鞠躬如也。"

中国风

楹联里的萱草花

"叶濯宿露翠,花迎朝日黄。"这是题写萱草花的名句。萱草花是我国的母亲之花,又名谖草和忘忧草,在中国有悠久的栽培历史,最早的文字记载见于《诗经·卫风·伯兮》:"焉得谖草,言树之背。"注曰:"谖草,令人忘忧;背,北堂也。"《诗经疏》称"北堂幽暗,可以种萱",北堂即代表母亲之意。古时候,游子要远行时会先在北堂种萱草,希望减轻母亲对孩子的思念,忘却烦忧。唐朝诗人孟郊的《游子》写道:"萱草生堂阶,游子行天涯。慈亲倚堂门,不见萱草花。"王冕《四月廿五日堂前萱花试开,时老母康健,因喜之》言:"今朝风日好,堂前萱草花。持杯为母寿,所喜无喧哗。"历代文人也常以之为吟咏的题材,曹植为之作颂,夏侯湛为之作赋,苏东坡为之作诗,这些都足以看出萱草花在人们心中的地位。

练习台

1. 对一对。

萱草花对（　　　　）　　　　无忧草对（　　　　）

天涯游子对（　　　　）　　　堂中慈母对（　　　　）

2. 读一读，标出联中的助词。

苏轼题广东真武庙联：

逞披发仗剑威风，仙佛焉耳矣；

有降龙伏虎手段，龟蛇云乎哉！

第五课　词性对品——叹词

知识窗

叹词，对事物进行慨叹时用，独立于句子结构之外，有"噫""吁""嗟""唉""呜呼"等。如西湖岳王坟前秦桧夫妇跪像联：

咳！仆本丧心，有贤妻何至若是；

啐（cuì）！妇虽长舌，非老贼不到今朝。

"咳"和"啐"就是独立于句子结构外的叹词，相互对应。上联摹秦桧，下联摹王氏，一怨一驳，其语调口吻刻画入微，活灵活现，令人捧腹。联语第一字为叹词，可不论平仄。

国学馆

资料馆

"嘻嘻,牛头喜得生龙角;呸呸,狗口何曾出象牙!"下联据说是明代于谦对的。于谦不仅能征善战,而且能言善对。他小时候,头上常梳双髻。一天,一个恶少见此,口出上联戏弄于他。于谦听后,非常恼火,立即反唇相讥。恶少听后哭笑不得,有口难言。

中国风

楹联里的海棠花

"晓带清霜浓传粉,晚迎红日淡匀脂。"这是题写海棠的名句。海棠素有"国艳"之誉,花姿潇洒,花开似锦,自古以来是雅俗共赏的名花,素有"花中神仙""花贵妃""花尊贵"之称,在皇家园林中常与玉兰、牡丹、桂花相配植,形成"玉棠富贵"的意境。历代文人多有脍炙人口的诗句赞赏海棠。陆游的诗句"虽艳无俗姿,太息真富贵"形容海棠美艳高雅。苏东坡也为之倾倒,有名句"只恐夜深花睡去,故烧高烛照红妆",因此海棠有雅号"解语花"。历史上以海棠为题材的名画也不胜枚举,譬如宋代佚名《海棠蛱蝶图》、现代大师张大千晚年画的《海棠春睡图》等。

练习台

1. 对一对。

解语春花对（　　　　）　　玉棠富贵对（　　　　）

雅俗共赏对（　　　　）　　海棠春睡对（　　　　）

2. 河南南阳某土地庙有这样一副对联,请标出联中的叹词。

噫,天下事,天下事;

咳,世间人,世间人。

第六课　认识平仄

知识窗

什么是平仄?古音的平仄和今音的平仄略有不同,古音的声调分平、上、去、入四声。平声为平,上、去、入声为仄。今音只是简单地把普通话中拼音的第一声、第二声归入平声,将第三声、第四声归入仄声。简言之,阴平、阳平为平,上声、去声为仄。我们用符号"—"表示平声字,用"|"表示仄声字。

国学馆

资料馆

于谦小时候非常聪明。相传有一年清明节,于谦随家中大人去祖坟扫墓,路过凤凰台时,他的叔父出了个上联让他对,联文是"今朝同上凤凰台",于谦马上对"他年独占麒麟阁"。大人们听了,对这一抱负甚大的对句惊喜不已,他的叔父说:"此小儿,乃是我们家的千里驹啊!"

楹联里的中国松

"一水定中孤佛瘦,万松满处老龙吟。"这副楹联题的是松。松与竹、梅并称"岁寒三友",是坚定、贞洁、长寿的象征,也是中华民族心中的吉祥树。其树姿雄伟苍劲,树体高大,树龄长。松树具有阳刚之美,松叶给人以清脱之感,它的枝干柔中有刚,有的像虬龙,故称虬松。其枝干多变,直处坦率,弯曲内含,显出龙探青山之状;也有的曲中有直,变化非凡,似蛟龙入海之态;有的巨臂遮天,挺拔刚毅,有拔地钻云腾飞之势。松树除了经济用途,还具有重要的观赏价值。它是中国很多风景区的重要景观,如辽宁千山、山东泰山、江西庐山都以松树景色而驰名。尤其是安徽的黄山,松、云、石号称"三绝",而以松为首。各地不少古松与中国悠久的历史文化有密切联系,历代都留下了大量诗文。在中国山水画里,松树也占了重要的位置,成为一个独立的题材。

练习台

1. 对一对。

三绝对（　　　　）　　　　苍劲对（　　　　）

阳刚对（　　　　）　　　　挺拔对（　　　　）

2. 读一读,并用"—""丨"标出下列对联的平仄。

数竿君子竹,五树大夫松。

石诡松奇,自是有仙骨;僧闲云懒,到来生隐心。

第七课　平仄声律

知识窗

平仄声律是诗词对联可知律的重要因素，可以说，没有平仄，就没有诗词对联。所以，创作时，一定要学会调平仄，这是基本功，不是可有可无的。平仄规律在对联的实际应用中，主要表现在两个方面：第一，平仄相间；第二，平仄相对。例如：海日生残夜，江春入旧年。句中平仄两两相间，上下联间平仄相对。

国学馆

竹之十德

竹身形挺直，宁折不弯，曰正直；

竹虽有竹节，却不止步，曰奋进；

竹外直中通，襟怀若谷，曰虚怀；

竹有花深埋，素面朝天，曰质朴；

竹一生一花，死亦无悔，曰奉献；

竹玉竹临风，顶天立地，曰卓尔；

竹虽曰卓尔，却不似松，曰善群；

竹质地犹石，方可成器，曰性坚；

竹化作符节，苏武秉持，曰操守；

竹载文传世，任劳任怨，曰担当。

中国风

楹联里的君子竹

"高风亮节立天地,虚怀若谷住人间。"这副楹联题的是竹。竹产自中国,与梅、松并称为"岁寒三友",与梅、兰、菊并称为"四君子"。在中华民族的日常衣、食、住、行中,到处都有竹的身影。古人爱竹,文人墨客为之挥毫吟咏,绘画抒怀,形成了独有的竹文化。白居易言"水能性淡为吾友,竹解心虚即我师",亦有"竹死不变节,花落有余香"。而画竹则成为中国花鸟画的一个重要画种,我国清代的郑板桥就以画竹闻名天下。古往今来,"人生贵有胸中竹"已成了众多文人雅士的偏好,人们常借梅、兰、竹、菊来表现自己清高拔俗的情趣,或作为自己品德的鉴戒。

练习台

1. 对一对。

艳对（　　　　）　　　月季对（　　　　）

开对（　　　　）　　　四时对（　　　　）

2. 读一读,并用"—""｜"标出下列对联的平仄。

竹雨松风琴韵,茶烟梧月书声。

会与蒿藜同雨露,终随松柏到冰霜。

第八课　平仄相间

知识窗

平仄相间,即在句中,平声字和仄声字要交替出现,不能一句话都是平声或都是仄声。若平声用"—"表示,仄声用"丨"表示,即——丨丨——丨 或 丨丨——丨丨—,否则就是"失替",也叫"串声"。如毛主席《长征》诗的第五、六两句:

金沙水拍云崖暖,大渡桥横铁索寒。
— — 丨 丨 — — 丨　丨 丨 — — 丨 丨 —

这两句诗的平仄是:平平仄仄平平仄,仄仄平平仄仄平。("拍"在古汉语中为入声字,属仄声。现代普通话中入声消失,但根据《平水韵》,"拍"仍归入声十一陌部,需按仄声处理。)每两个字一个节奏,这就是交替。

国学馆

折柳赠别

折柳赠别之俗,始于汉代。这个习俗有两种寓意:一是柳极易生长,用它赠送亲友比喻无论漂泊何处都能枝繁叶茂;二是"柳"与"留"谐音,折柳含有"挽留"之意。唐代诗人王维在《送元二使安西》中写道:"渭城朝雨浥轻尘,客舍青青柳色新。劝君更尽一杯酒,西出阳关无故人。"这首送别名作,千百年来为人们传诵不衰。

楹联里的报春柳

"春归柳梢鸟声响,花放梅枝生气浓。"这副楹联题的是柳。柳是中国的原生树种,别名杨柳,在中国已有四千多年的栽培历史,殷商甲骨文中已出现"柳"字。柳树树形优美,放叶开花早,一到春来,满树嫩绿,生机盎然。自古以来,柳树以其婀娜多姿的风采,深受人们的喜爱,留下许多与柳有关的风俗和逸闻趣事,也留下了许多写柳的名篇佳作。古人以"柳"与"留"谐音,兴起了折柳赠别的习俗,表示不忍相别、恋恋不舍的心情。这种习俗最早起源于《诗经·小雅·采薇》里的"昔我往矣,杨柳依依"。古人诗词中也大量提及折柳赠别之事。唐代权德舆诗:"新知折柳赠,旧侣乘篮送。"宋代姜夔诗:"别路恐无青柳折,到家应有小桃开。"明代郭登诗:"年年长自送行人,折尽边城路傍柳。"李白《春夜洛城闻笛》:"此夜曲中闻折柳,何人不起故园情。"

练习台

1. 对一对。

游春对(　　　　)　　　柳枝对(　　　　)

报春对(　　　　)　　　婀娜对(　　　　)

2. 读一读,并用"—""丨"标出下列联句的平仄。

有意栽花花不发,无心插柳柳成荫。

疏影暗香,和靖孤山梅蕊放;轻阴清昼,渊明旧宅柳条舒。

第九课　平仄相对

知识窗

平仄相对，即对句相应位置的字平仄要相反。在相同位置上的字，上联为平声，下联就是仄声；上联是仄声，下联就是平声。否则就"失对"，又叫"串调"，是对仗之大忌。如毛主席《长征》诗的第五、第六两句：

金沙水拍云崖暖，大渡桥横铁索寒。
－－｜｜－－｜　｜｜－－｜｜－

"金沙"对"大渡"，是平平对仄仄；"水拍"对"桥横"，是仄仄对平平；"云崖"对"铁索"，是平平对仄仄；"暖"对"寒"，是仄对平。这就是平仄相对。

国学馆

资料馆

桑树在我国的栽培已有数千年历史。种桑养蚕，是古代为了解决衣着问题而进行的重要的经济活动，我国是世界上最早种桑养蚕的国家，这也是中华民族对人类文明的伟大贡献之一。在商代，甲骨文中已出现"桑""蚕""丝""帛"等字形。到了周代，采桑养蚕已是很常见的农活了。

楹联里的陌上桑

"三春风拂青桑叶,九夏雨肥赤槿花。"这副楹联题写的是桑。桑树原产于中国,其树冠宽阔,枝叶茂密,高可达15米,秋季叶色变黄,颇为美观。中国人有在房前屋后栽种桑树和梓树的传统,因此常用"桑梓"代表故土、家乡。千百年来,文人墨客留下了许多描写桑树的美文佳句,如李白的"燕草如碧丝,秦桑低绿枝",温庭筠的"沃田桑景晚,平野菜花春",张仲素的"袅袅城边柳,青青陌上桑",陶潜的"相见无杂言,但道桑麻长",孟浩然的"开轩面场圃,把酒话桑麻"等。

练习台

1. 对一对。

桑梓对(　　　)　　　采桑子对(　　　)

养蚕对(　　　)　　　话桑麻对(　　　)

2. 请用"—""丨"符号标出下列句子的平仄。

开轩面场圃,把酒话桑麻。

莫道桑榆晚,为霞尚满天。

第十课　仄起平收

知识窗

仄起平收，是一种写诗或写对联的格式，传统习惯是"仄起平落"，即上联末句尾字用仄声，下联末句尾字用平声。在现代汉语四声中，分为阴平、阳平、上声及去声。对联的上联，必须是仄声结尾，即上联的最后一个字必须是现代汉语中的三、四声字，下联最后一个字必须是一、二声字。如：

竹送清溪月，苔移玉座春。

— ｜ — — ｜　 — — ｜ ｜ —

上联末字"月"为仄声，下联末字"春"为平声。

国学馆

资料馆

银杏，是裸子植物中最古老的孑遗植物。第四纪冰川运动开始后，地球变冷，绝大多数银杏类植物濒临绝种，而中国的银杏因自然条件优越奇迹般地保存下来。所以，银杏被科学家称为"活化石""植物界的熊猫"。

楹联里的中国银杏

"山外有山都如画，树中生树不知年。"这副楹联题写的是银杏。

现存活在世的银杏非常稀少，和它同纲的其他植物皆已灭绝，所以银杏又有植物界"活化石"的美称。银杏树的果实俗称白果，因此又名白果树。银杏树生长较慢，寿命极长，自然条件下从栽种到结银杏果要20多年，40年后才能大量结果，因此又有人把它称作"公孙树"，有"公种而孙得食"的含义，是树中的老寿星，具有很高的观赏价值、经济价值和药用价值。世界上最大的银杏树在贵州福泉，树龄有5000~6000年，根径有5.8米，树高50米，胸径4.79米，要13个人才能围抱得过来。2001年，这棵银杏树被载入上海吉尼斯纪录，被誉为"世界最粗大的银杏树"。

练习台

1. 对一对。

白果对（　　　　）　　　活化石对（　　　　　）

银杏对（　　　　）　　　公孙树对（　　　　　）

2. 请根据仄起平收的原则，判断下列联句是上联还是下联。

千里春光银杏雨　　　　　　（　　　　）

千年银杏满城秋　　　　　　（　　　　）

满地翻黄银杏叶　　　　　　（　　　　）

走进楹联

提升篇

总 主 编 ◎ 王智慧
分册主编 ◎ 刘红艳

深圳出版集团
深圳出版社

图书在版编目（CIP）数据

走进楹联. 提升篇 / 王智慧总主编；刘红艳分册主编. -- 深圳：深圳出版社, 2025.6. -- ISBN 978-7-5507-4262-8

Ⅰ. Ⅰ207.6-49

中国国家版本馆CIP数据核字第2025PC9204号

总　主　编：王智慧
分册主编：刘红艳
分册副主编：李文韬　张苑芳
编　　委：敬燊名　罗　燕　赵冰兵

走进楹联·提升篇
ZOUJIN YINGLIAN · TISHENG PIAN

责任编辑　　王　博　张晶莹
责任校对　　莫秀明
责任技编　　陈洁霞
封面设计　　新触点

出版发行	深圳出版社
地　　址	深圳市彩田南路海天综合大厦（518033）
网　　址	www.htph.com.cn
服务电话	0755-83460330（编辑部）　0755-83460239（邮购、团购）
电子邮箱	szzn@htph.com.cn
设计制作	深圳市新触点文化传播有限公司
印　　刷	深圳市希望印务有限公司
开　　本	787mm×1092mm　1/16
印　　张	5.25
字　　数	82千字
版　　次	2025年6月第1版
印　　次	2025年6月第1次
定　　价	117.00元（全三册）

版权所有，侵权必究。凡有印装质量问题，我社负责调换。
法律顾问：苑景会律师　502039234@qq.com

目 录

第一编　五年级（上）

第一课　对联结构 ……………………………………… 1
第二课　联合结构 ……………………………………… 2
第三课　主谓结构 ……………………………………… 4
第四课　偏正结构 ……………………………………… 6
第五课　动宾结构 ……………………………………… 7
第六课　述补结构 ……………………………………… 9
第七课　固定词组 ……………………………………… 10
第八课　联句成分 ……………………………………… 12
第九课　联中主语 ……………………………………… 14
第十课　联中谓语 ……………………………………… 15

第二编　五年级（下）

第一课　联中宾语 ……………………………………… 18
第二课　联中定语 ……………………………………… 19
第三课　联中状语 ……………………………………… 21
第四课　联中补语 ……………………………………… 23
第五课　联中缺隐 ……………………………………… 24
第六课　联中析字 ……………………………………… 26
第七课　偏旁妙对 ……………………………………… 28
第八课　玻璃对联 ……………………………………… 29
第九课　一字多读 ……………………………………… 31
第十课　一语双关 ……………………………………… 33

第三编　六年级（上）

第一课　比喻 ……………………………………… 35
第二课　比拟 ……………………………………… 36
第三课　夸张 ……………………………………… 38
第四课　衬托 ……………………………………… 40
第五课　对比 ……………………………………… 41
第六课　借代 ……………………………………… 43
第七课　排比 ……………………………………… 45
第八课　反复 ……………………………………… 48
第九课　顶针 ……………………………………… 49
第十课　回文 ……………………………………… 51

第四编　六年级（下）

第一课　常见的对联句式 ………………………… 54
第二课　并列句式 ………………………………… 56
第三课　连贯句式 ………………………………… 57
第四课　递进句式 ………………………………… 59
第五课　假设句式 ………………………………… 61
第六课　条件句式 ………………………………… 63
第七课　转折句式 ………………………………… 64
第八课　选择句式 ………………………………… 66
第九课　因果句式 ………………………………… 67
第十课　目的句式 ………………………………… 69
第十一课　走进楹联里的香港 …………………… 70
第十二课　走进楹联里的澳门 …………………… 72
第十三课　走进楹联里的台湾 …………………… 74
第十四课　走进悬挂在海外的楹联 ……………… 76

附录　中外人文交流：让中国传统文化走向世界 …… 78

第一编　五年级（上）

第一课　对联结构

知识窗

学对联，一定要了解语法结构。何谓语法？用字组词，以词组句的方法就叫语法。何谓结构？字词之间的搭配和排列就叫结构。常用的语法结构有联合结构、主谓结构、偏正结构、动宾结构、述补结构、固定词组结构等。联律要求的结构相应，就是上下联的语法结构必须相互照应、相互对称，即主谓结构对主谓结构，动宾结构对动宾结构，偏正结构对偏正结构，等等。联句结构的优劣，往往决定一副对联的成败。如李白题湖南岳阳楼联："水天一色，风月无边。"此联上下联皆为主谓结构。其中："水天"对"风月"，皆为联合结构；"一色"对"无边"，皆为偏正结构。

练习台

1. 选一选，填一填。

人间清暑_____，天上广寒_____。（宫、殿）

_____濯足水，_____打头风。（门外、池中）

半溪流水_____，千树落花_____。（绿、红）

2. 连一连，楹联对对碰。

两岸晓烟杨柳绿　　　　　芳池鱼戏芰荷风

梁帝讲经同泰寺　　　　　一园春雨杏花红

野渡燕穿杨柳雨　　　　　汉皇置酒未央宫

楹联里的山水文化

山水,在中国人心中,不仅是一种风景,更是一种文化。它们早已融入了中国人的血脉和骨髓中,成为一种精神、一种民族气质、一种值得毕生追求的人生境界。古人将人的品格、气质、胸怀、志趣都同自然界的山水联系起来,将个人的审美情趣与道德修养置于大自然之中,让山水人格化,以人格化的山水来比喻人的节操、格调、品位。这种山水情怀对中国文化影响至深,直接影响了几千年来中国文人的心态和中国的文化艺术。对联"清风明月本无价,近水远山皆有情"正是这种情怀的写照。

联读中国山水

青山不墨千秋画,绿水无弦万古琴。
重叠峰峦归眼底,苍茫云气荡胸间。
清风明月自来往,流水高山无古今。

第二课　联合结构

知识窗

联合结构由两个或多个并列的词组成,这些词在结构中地位平等,不分主次,不相互修饰和限制。一般为"名词+名词""动词+动词""形容词+形容词",如:

名词+名词：天地、古今、山水、江河等。

动词+动词：得失、呼吸、采摘、往返等。

形容词+形容词：鲜美、艰难、大小、长短等。

还有很多四字词语也是联合结构，如：鸟语花香、万水千山、明月清风、龙飞凤舞、精雕细刻、莺歌燕舞、张灯结彩、跋山涉水、前呼后拥、左顾右盼等。

练习台

1. 填一填，将下列联合结构的四字词语补充完整。

天高_____　　五湖_____　　风平_____

潜移_____　　眉飞_____　　根深_____

姹紫_____　　绿水_____　　风清_____

2. 连一连，楹联对对碰。

春日正宜朝看蝶　　　　秋天塞外雁雍雍

春日园中莺恰恰　　　　身披鹤氅自王恭

手擘蟹螯从毕卓　　　　秋风那更夜闻蛩

楹联里的三山五岳

三山五岳，是中国的历史文化名山。"三山"是指黄山、庐山、雁荡山，也有人说是蓬莱、方丈、瀛洲这三座传说中的仙山。五岳是以中原为中心，按东、西、南、北、中方位命名的：东岳泰山，西岳华山，南岳衡山，北岳恒山，中岳嵩山。五岳被称为华夏名山之首，有景观和文化双重意义。它们是远古山神崇拜、五行观念和帝王封禅相结合的产物，以象征中华民族的高大形象而闻名天下。五岳各具特色：泰山雄，华山险，衡山秀，恒山奇，嵩山峻。故有"五岳归来不看山"之说。

名联坊

联读三山五岳

一亭静览山间趣，幽室能观世外天。

一路松声长带雨，半空岚气总成云。

十笏琅嬛悬树杪，万家灯火隔江流。

第三课　主谓结构

知识窗

主谓结构由主语和谓语组成。主语是陈述的对象，指明是谁或是什么；谓语是对主语的陈述，回答或表示"怎么样、是什么、做什么"之类的问题。如：

名词＋动词：日出、花开、海啸、地震、雪花飘、喜鹊叫。

名词＋形容词：春暖、山高、水清、月圆、江水绿、柳枝长。

部分主谓结构的四字词语：桃花盛开、大雁成行、蝴蝶飞舞、春风扑面、阳光照耀、声音清脆、字迹工整、态度谦虚、岁月静好、意志坚定等。

练习台

1. 填一填。

泰山日_____，云海松_____。

清风生酒舍，_____照书窗。

_____梅花气概，山川香草_____。

2. 连一连，楹联对对碰。

素王独步传千古　　　　　千峰云影护禅关

天门倒泻一帘雨　　　　　梵石灵呵千载文

万壑泉声沉宝磬　　　　　圣主遥临庆万年

楹联里的东岳泰山

"人间灵应无双地，天下威严第一山。"这副楹联题的就是泰山。泰山位于山东省泰安市中部，素有"五岳之首"之称。传说泰山为盘古开天辟地后的头颅幻化而成，因此中国人自古崇拜泰山，有"泰山安，四海皆安"的说法。泰山风景区以泰山日出、云海玉盘、晚霞夕照和黄河金带四景最为出名。泰山多松柏，更显其庄严、巍峨、葱郁；又多溪泉，故而不乏灵秀与缠绵。缥缈变幻的云雾则使它平添了几分神秘与深奥。历代帝王君主多在泰山进行封禅和祭祀仪式，各朝文人雅士亦喜好来此游历，并留下许多诗文佳作。分布于山体各处的20余处古建筑群和2200余处碑碣石刻，使泰山成为世界少有的历史文化与自然相结合的游览胜地，并因此被列入世界文化与自然遗产名录，成为中国首例文化与自然双重遗产项目。

联读泰山

笔底江山助磅礴，楼前风月自春秋。

壶天日月开灵境，盘路风云入翠微。

群崖乱立山无序，一水长镌石有声。

第四课　偏正结构

知识窗

偏正结构由修饰语(偏)和中心语(正)组成。"偏"是修饰语，"正"是中心词，前一部分修饰或限制后一部分。如青山、绿水、黛瓦、红墙、大树、小草、伟大祖国、热血青年、优秀学生、五好家庭等。又如："三秋桂子，十里荷花"中，"三秋"是修饰语，"桂子"是中心词，"三秋"用来修饰"桂子"；"十里"是修饰语，"荷花"是中心词，"十里"用来修饰"荷花"。

练习台

1.选词填一填，找出联中偏正结构的词。

读_____书，行_____路。（千里、万卷）

_____拜其下，_____卧此中。（孤云、万山）

一径飞_____雨，千林散_____荫。（红、绿）

2.连一连，华山楹联对对碰。

千秋万古邻青嶂　　　　　　说法天都石点头

水宽山远烟霞回　　　　　　地久天长偃白碉

谈经云海花飞雨　　　　　　天淡云闲今古同

国风馆

楹联里的西岳华山

"五峰抱月莲香远，万仞摘星剑影长。"这副楹联题的就是华山。华山，古称"西岳"，与东岳泰山并称，为五岳之一。华山位于陕西省渭南市华阴市，在省会西安以东120千米处，南接秦岭，北瞰黄渭，自古以来就有"奇险天下第一山"

的说法。中华之"华"源于华山，由此，华山有了"华夏之根"之称。华山地处黄河中游流域，与黄河一起孕育了中华民族。华山的著名景区多达210余处，有凌空架设的长空栈道，三面临空的鹞子翻身，以及在悬崖峭壁上凿出的千尺幢、百尺峡、老君犁沟等，其中华岳仙掌被列为关中八景之首。1982年，华山被国务院列为国家重点风景名胜区。

联读华山

几点梅花归笛孔，一湾流水入琴心。
偶呼明月问千古，恰对青山思故人。
五峰抱月莲香远，万仞摘星剑影长。

第五课　动宾结构

知识窗

　　动宾结构由动词（动）和宾语（宾）两部分组成。前一部分是动作，后一部分是接受动作的对象，一般情况下，结构是"动词＋名词"，如读书、写字、做操、跑步、唱歌、吃饭、刮风、下雨、关门、开窗、尊敬老师、关心同学、热爱祖国等。

　　送走 机灵鼠，迎来 幸福牛。
　　动　 名　　 动　 名

　　"送走""迎来"是动词，"机灵鼠""幸福牛"是宾语。

练习台

1. 填一填。

＿＿＿＿光千里白，秋色一天＿＿＿＿。

＿＿＿＿名戏马，斋小号蟠龙。

柳塘风＿＿＿＿，花圃＿＿＿＿浓浓。

2. 读一读，画出联中的动词和宾语。

举手摩天，闲云如带缠腰际；抬头望岳，游子无心悟禅机。

楹联里的北岳恒山

"悬空便欲乘云去，临水方知得月先。"这副楹联题的是恒山。恒山位于山西省大同市浑源县，其山脉始于太行山，横跨塞外，东连燕山，西跨雁门，南障三晋，北瞰云代，东西绵延五百里，共有一百零八峰。天峰岭与翠屏山，是恒山主峰的东西两峰，两峰对望，断崖绿带，层次分明，美如画卷。果老岭、姑嫂岩、飞石窟、还元洞、虎风口、大字湾等处，充满了神奇色彩。悬根松、紫芝峪、苦甜井更是自然景观中的奇迹。北岳恒山与东岳泰山、西岳华山、南岳衡山、中岳嵩山并称为五岳，为中国地理标志。1982年，恒山被国务院列为国家重点风景名胜区。

联读恒山

悬空便欲乘云去，临水方知得月先。

清风明月自来往，流水高山无古今。

清风明月本无价，近水远山皆有情。

第六课 述补结构

知识窗

述补结构分两部分，前一部分叫述语，后一部分叫补语。如："桃花开一树"一句中，"开"是述语，"一树"是补语。又如："众鸟高飞尽"中，"飞"是述语，"尽"是补语；"自在飞花轻似梦，无边丝雨细如愁"一联中，"轻"和"细"是述语，"似梦""如愁"是补语。

练习台

1. 填一填。

开张天岸马，奇逸_____龙。

掬水_____在手，弄_____香满衣。

野静山气_____，林疏风露_____。

2. 连一连，楹联对对碰。

九州积气峰前合　　　　三峨风雨过江来

九面云山收眼底　　　　万里浮云杖底来

九顶云霞披雾出　　　　满江风月落樽前

楹联里的南岳衡山

"西南云气来衡岳，日夜江声下洞庭。"这副楹联题的是衡山。衡山位于湖南省中部偏东南部，绵亘于衡阳、湘潭两盆地间，主体部分位于衡阳市南岳区、衡山县和衡阳县东部。衡山的命名，据战国时期《甘石星经》的记载，因其位于星座二十八宿的轸星之翼，"变应玑衡""铨德钧物"，犹如衡器，可称天地，故名衡山。南岳悠久的山岳文化、祭祀文化、农耕文化为湖湘文化的形成提供了深厚的沃土。衡山主要山峰有回雁峰、祝融峰、紫盖峰、岳麓山等，最高峰祝融峰海拔1300余米。衡山是中国著名的道教、佛教圣地，环山有寺、庙、庵、观200多处。1982年，衡山被国务院列为国家重点风景名胜区。

联读衡山

西南云气来衡岳，日夜江声下洞庭。

石径有尘风自扫，山门无锁月常关。

进来都是有缘客，归去何须别看山。

第七课　固定词组

知识窗

　　固定词组又叫固定短语，是指结构比较固定的惯用的词组。固定词组在结构上具有固定性，构成固定词组的词及其次序一般都不能变动；固定词组在意义上具有整体性，组成固定词组的各词往往不能再作字面上的个别解释。固定词组包括四字熟语、专有名词与结构对称的习惯用语。

　　四字熟语，包括四字构成的成语和习惯用语，如：一丝一缕、年富力强、喜笑颜开等。专有名词是特定的人物、地方或机构等的名称，如：周恩来、南京市、中央电视台、少先队、共产党、中华人民共和国、社会主义等。结构对称的习惯用语，如：你一言我一语、东一榔头西一棒槌等。

练习台

1. 读一读，找出下列联中的固定词组。

一帘风月王维画，四壁云山杜甫诗。

一粥一饭，当思来处不易；半丝半缕，恒念物力维艰。

2. 名联填空。

_____藏古寺，碧溪锁_____。

太室千岩_____，少林_____青。

留此湖山，得此_____；召以佳景，假以_____。

国风馆

楹联里的中岳嵩山

"嵩高惟岳，峻极于天。"这副楹联是对中岳嵩山的描述。嵩山位于河南省西部，地处登封市西北，由太室山与少室山组成，共72峰，北瞰黄河、洛水，南临颍水、箕山，东通郑汴，西连十三朝古都洛阳，是古京师洛阳东方的重要屏障，素为京畿之地，具有深厚文化底蕴，是中国佛教禅宗的发源地和道教圣地，也是中华文明的重要发源地。自古以来有30多位皇帝、150多位著名文人曾亲临嵩山，留下了大量的楹联、诗词和其他文学作品。2004年2月，嵩山被联合国教科文组织列入世界地质公园名录。

名联坊

联读嵩山

仙馆挥弦调颍水,书岩琢句撷嵩云。

九州胜域推嵩岳,四海名山数少林。

雨过林霏清石气,秋将山翠入诗心。

第八课　联句成分

知识窗

句子的组成成分叫句子成分,也叫句法成分。在句子中,词与词之间有一定的组合关系,按照不同的关系,可以把句子分为不同的组成成分。句子成分由词或词组充当。在现代汉语里,一般的句子成分有主语、谓语、宾语、定语、状语、补语等。为了区分不同的句子成分,我们采用不同的符号来标记:

主语＿＿＿＿　　　谓语＿＿＿＿＿　　　宾语～～～～

定语（　　）　　　状语［　　　］　　　补语〈　　　〉

练习台

1. 读一读,试着用不同的符号分析下列联句的成分。

浮云无定所,空谷寄遐思。

鹤栖云里院,龙跃洞中天。

2. 黄山名联填一填。

万山拜其下，_____卧此中。

高阁逼云霄，举头_____近；远山收入画，回首_____低。

石诡松奇，自是有仙_____；僧闲云懒，到来生隐_____。

楹联里的黄山

"足临清净地，身在图画中。"这副楹联题的是黄山。黄山，位于安徽省黄山市，取"黄帝之山"之意。黄山是世界文化与自然双遗产、世界地质公园、中国十大名胜古迹之一、国家AAAAA级旅游景区。黄山风景区，东起黄狮岭，西至小岭脚，北始二龙桥，南达汤口镇，分为温泉、云谷、玉屏、北海、松谷、钓桥、浮溪、洋湖、福固九个管理区，包括200多个大小景点。黄山以奇松、怪石、云海、温泉、冬雪"五绝"著称于世，拥有"天下第一奇山"之称。"五岳归来不看山，黄山归来不看岳"是对黄山最好的评价。

联读黄山

云外闲吟发天籁，山中静雨落松涛。

紫石云烟作屏障，青天风雨走蛟龙。

身比闲云，月影溪光堪证性；

心同流水，松声竹色共忘机。

第九课　联中主语

主语是执行句子的行为或动作的主体，如"燕子筑巢"："燕子"就是主语，它做出"筑"这个动作；"筑"则是谓语，用来修饰主语；而"巢"是接受谓语"筑"这个动作的对象，因此被称为宾语，有的语法书也称它为"客体"或"受体"。主语是句子中的陈述对象，常常由名词、代词、名词性短语充当。形容词、动词、谓语性短语和主谓短语也可充当主语。

1. 填一填。

_____如画，_____皆春。

_____开富贵，_____报平安。

柳塘_____淡淡，花圃_____浓浓。

2. 读一读，用双横线划出下列各联中的主语。

雨添苔晕紫，日落水浮金。

云中月影临瑶幌，雨后山光入绮帘。

楹联里的庐山

"四壁云山九江棹，一亭烟雨万壑松。"这副楹联是对庐山的描述。庐山，中华十大名山之一，又名匡山、匡庐，地处江西省庐山市境内，东偎婺源鄱阳湖，南靠南昌滕王阁，西邻京九铁路，北枕滔滔长江，耸峙于长江中下游平原与鄱阳湖畔。庐山以雄、奇、险、秀闻名于世，素有"匡庐奇秀甲天下"之美誉。庐山不仅风景秀丽，而且文化内涵深厚，更集教育名山、文化名山、宗教名山、政治名山于一身。从司马迁"南登庐山"，到陶渊明、李白、白居易、王安石、苏轼、黄庭坚、陆游、朱熹等文坛巨匠和诗文名家1500余位登临庐山，留下4000余首诗词歌赋和大量楹联。1982年，庐山被国务院列为国家重点风景名胜区。

名联坊

联读庐山

五车诗胆，八斗才雄。

山静水流开画景，鸢飞鱼跃悟天机。

大块焕文章，白云在天，沧波无际；

春风煽淑气，杂树生花，群莺乱飞。

第十课　联中谓语

知识窗

谓语表明主语怎么样、有什么性质、处在什么状态等，是用来陈述主语的。常用动词、动词性短语，形容词、形容词性短语，名词、名词性短语，主谓短语充当谓语。

例如：

他们正在排练节目。（排练，动词做谓语）

山上的树又绿了。（绿，形容词做谓语，这里是变绿的意思）

这里的黎明静悄悄。(静悄悄,形容词短语做谓语)

练习台

1. 填一填。

窗_____千秋雪,门_____万里船。

池中香暗_____,亭外风徐_____。

两只黄鹂_____翠柳,一行白鹭_____青天。

2. 读一读,用横线划出下列各联中的谓语。

九州日丽,五湖景新。

荷风送香气,竹露滴清响。

楹联里的雁荡山

"欲写龙湫难下笔,不游雁荡是虚生。"这副楹联题的是雁荡山。雁荡山,又名雁岩、雁山。因山顶有湖,芦苇茂密,结草为荡,南归秋雁多宿于此,故名雁荡。雁荡山以山水奇秀闻名,素有"海上名山""寰中绝胜"之誉,史称中国"东南第一山",主体位于浙江省温州市东北部海滨,小部在台州市温岭南境。雁荡山形成于一亿二千万年以前,是环太平洋大陆边缘火山带中一座白垩纪流纹质破火地。其开山凿胜始于南北朝,兴于唐,盛于宋。历代文人墨客纷至沓来,谢灵运、沈括、徐霞客、张大千等都留下了诗篇和墨迹。

联读雁荡山

古今奇观属岩壑,往来名士尽风流。

问青牛何人骑去,有黄鹤自天飞来。

临水开轩,四面云山皆入画;

凭栏远眺,万家烟火总关情。

第二编　五年级（下）

第一课　联中宾语

知识窗

宾语是用在动词后面，表示动作、行为所涉及的人或事物，回答"谁"或"什么"一类问题。宾语可由名词、代词、数词、名词化的形容词等来充当。宾语用符号_____来标记。

例如杭州龙井园的一副对联："诗写梅花月，茶煮谷雨春。"在这副对联中，"梅花月"和"谷雨春"就是宾语。

练习台

1. 填一填。

福如_____，寿比_____。

层峦回_____，深谷生_____。

如临_____，别有_____。

2. 读一读，用波浪线划出下列各联中的宾语。

四海生色，五湖呈祥。

五湖斟美酒，四海展宏图。

 国风馆

楹联中的五湖四海

"仁者乐山，智者乐水。"千百年来，山水文化的发展极大地丰富了中国文化，也丰富了中国文人的生活。中国独特的山水景观给仁人智者和文人墨客提供了丰富的题材，也给楹联文化注入了充盈的活力，浸润着人们诗意的生活。如果说三山五岳是中国山文化的代表，那么五湖四海则是中国水文化的缩影。五湖，一般指洞庭湖、鄱阳湖、太湖、巢湖、洪泽湖；而四海，即东海、南海、西海和北海。《论语·颜渊》中说："四海之内，皆兄弟也。"古人觉得，四海之内就是泱泱中华，四海之内的人就是中国人，故而四海之内，皆兄弟也。四海之外，则是"海外"和"蛮夷"了。唐代诗人吕岩《绝句》："斗笠为帆扇作舟，五湖四海任遨游。"

 名联坊

联读五湖四海

千嶂云山凭我隐，五湖风月有谁争。

五湖寄迹陶公业，四海交游晏子风。

漫道万壑千峰美，更争五湖四海春。

第二课 联中定语

 知识窗

定语，是用于描述名词、代词、名词性短语的性质、特征、范围等情况的

词,可以由名词、形容词和起名词和形容词作用的短语来充当。定语一般用符号( ),即圆括号来标记。

例如,清代孟瑄题安徽宿松小孤山的一副对联中,联中的定语标记如下:

(人间)土净,(江上)峰青。

"人间""江上"分别是名词"土"和"峰"的定语。

练习台

1. 选一选,填一填。

_____风淡淡,_____月浓浓。(花圃、柳塘)

_____香暗渡,_____风徐来。(亭外、池中)

_____莲叶无穷碧,_____荷花别样红。(接天、映日)

2. 读一读,用( )标出下列各联中的定语。

天开白鹿洞,山抱紫阳关。

云霞生异彩,山水有清香。

国风馆

楹联中的洞庭湖

"八百里洞庭沧浪水,三千尺衡岳艳阳天。"这是题洞庭湖的楹联。洞庭湖,古称云梦、九江和重湖,处于长江中游荆江河段南岸,是中国的第二大淡水湖。洞庭湖之名,始于春秋战国时期,因湖中洞庭山(即今君山)而得名。洞庭湖名胜繁多,是中国传统文化发源地之一。湖区以岳阳楼为代表的历史胜迹是重要的旅游文化资源。清代《洞庭湖志》所载"潇湘八景"中的洞庭秋月、远浦归帆、平沙落雁、渔村夕照、江天暮雪以及日景、月影、云影、雪影、山影、塔影、帆影、渔影、鸥影、雁影等洞庭湖"十影",都是诗文中常见的字眼。

名联坊

联读洞庭湖

日光千里白,秋色一天青。

波开云日诸峰出,浪涌鱼龙夹岸游。

八百里洞庭沧浪水,三千尺衡岳艳阳天。

第三课 联中状语

知识窗

状语,是说明事物发生的时间、地点、原因、目的、结果、方式、条件、伴随情况或程度等的词。状语一般用在动词、形容词谓语前,起修饰和限制作用,经常由副词、形容词、动词、方位词及表示地点和时间的名词充当。状语一般用符号［ ］,即中括号来标记。例如:

无边落木［萧萧］下,不尽长江［滚滚］来。

"萧萧""滚滚"就是联中的状语。

练习台

1.选一选,填一填。

暗尘＿＿＿＿去,明月＿＿＿＿来。（逐人、随马）

千嶂晚云＿＿＿＿合,两岸秋声＿＿＿＿来。（原上、雁边）

千叠云峰＿＿＿＿迥,三农雨露＿＿＿＿深。（望中、空外）

2. 读一读，用［ ］标出下列各联中的状语。

浅深流水琴中听，远近青山画里看。

流水当年怀往事，桃花依旧笑春风。

楹联中的鄱阳湖

"万顷湖光浮日月，一楼山色变云烟。"这副楹联是题写鄱阳湖的。鄱阳湖，古称彭蠡、彭蠡泽、彭泽，是中国第一大淡水湖，位于江西省北部、长江中下游南岸，是中国仅次于青海湖（中国最大的咸水湖）的第二大湖。鄱阳湖，为长江流域一个重要的过水性、吞吐型、季节性的浅水湖泊，在调节长江水位、涵养水源、改善当地气候和维护周围地区生态平衡等方面都起着巨大作用。

联读鄱阳湖

高处星云归一览，闲时风月胜三休。

客已倦游，偶然小住湖山，便欲乘风归去；

人生如寄，留得现前指爪，不妨踏雪寻来。

地以人传，溯自周郎习战，苏子题词，仙吏将才，千古各成奇迹；

天留我住，放教彭蠡风帆，匡庐瀑布，水光山色，一时都入壮怀。

第四课　联中补语

知识窗

　　补语是述补结构中补充说明述语的结果、程度、趋向、可能、状态、数量等的成分。补语与述语之间是补充与被补充、说明与被说明的关系，是补充说明动词或形容词性中心语的，可以回答"怎么样""多少次""何处""何时""什么结果"等问题。补语都放在中心语之后。除了趋向动词、数量词、介宾结构和一部分形容词可以直接作补语外，各种关系的词组也常作补语。补语一般用符号〈　〉，即单书名号来标记。

练习台

1. 选一选，填一填。

石磴泉飞山_____，洞门云掩昼_____。（多阴、欲静）

人面如花_____，春风似酒_____。（阵阵香、朵朵笑）

入座芝兰吹气_____，凌云松柏得天_____。（多、暖）

2. 读一读，用〈　〉标出下列各联中的补语。

云窗静挹峰峦秀，花径平分松竹香。

云遮日影藤萝合，风带潮声枕簟凉。

国风馆

楹联中的太湖

　　"横云分叠嶂，落日澹平湖。"这副楹联是题太湖的。太湖位于长江三角洲的南缘，古称震泽，又名五湖、笠泽，是中国五大淡水湖之一，横跨江浙两省，北临无锡，南濒湖州，西依宜兴，东近苏州。相传，王母娘娘设蟠桃会，玉皇大帝送了个漂亮的大银盆，里面有72块特大的翡翠，还有各色玉石雕凿的飞禽走兽。但因为没请孙悟空，惹得孙悟空大闹天宫，还一棒把这只大银盆打下天庭。大银盆在地上砸了个大洞，银子便化作白花花的水，形成了三万六千顷的湖，72块翡翠就成了72座山峰，玉石雕刻的鱼就是现在太湖里肌白如银、肉嫩味鲜的银鱼，而玉石雕刻的飞禽变成了对对鸳鸯。

联读太湖

湖阔鱼龙跃，山阴草木香。

碧波涟漪，三万六千顷，顷顷青未了；
层峦叠嶂，七十又二峰，峰峰绿又生。

傍连岭，带长川，西南诸峰，林壑尤美；
送夕阳，迎素月，上下一碧，波澜不惊。

第五课　联中缺隐

知识窗

　　缺隐，即有意不说出全部内容，只说一部分内容，而把另一部分内容隐藏起来，让读者去体悟。缺隐联包括缺字联、隐字联、藏字联。

　　缺字：故意缺字，让读者去品味。它无须补或无法补好，因为缺字意义不确指或所指甚多。

隐字：隐字在联外，所隐之字正是撰联的本意所在，因多隐于句尾处，故又称歇后对。

藏字：字藏在字里行间，无须补出。如乾隆年间，岳麓书院主讲王文清贺百岁老人寿联："人生不满公今满，世上难逢我竟逢。"上联藏"百岁"，下联藏"百岁人"，形藏实露，妙趣横生。

练习台

传说，宋代宰相吕蒙正早年家贫如洗，过年时就在家门边贴了一副对联："二三四五，六七八九。"

上联缺（　　），下联缺（　　），谐音意为"缺（　　）少（　　）"。

国风馆

楹联中的长江

"两岸如剑立，一江似布悬。"这副楹联题的是长江。长江发源于"世界屋脊"——青藏高原的唐古拉山脉各拉丹冬峰西南侧。干流流经青海、四川、西藏、云南、重庆、湖北、湖南、江西、安徽、江苏、上海等11个省级行政区，自西而东横贯中国中部，数百条支流辐辏南北，流域面积约占中国陆地总面积的1/5，于崇明岛以东注入东海，全长6300公里，在世界大河中长度仅次于非洲的尼罗河和南美洲的亚马孙河，居世界第三位。此外，长江是中国水量最丰富的河流，水资源总量9616亿立方米，为黄河的20倍，在世界上仅次于赤道雨林地带的亚马孙河和刚果河，居第三位。

名联坊

联读长江

去帆疑峡走，卷浪骇江飞。

白荻波光当岸绕，黄梅山色过江来。

立定脚跟，那怕天风海浪；

放开眼界，且看楚水吴山。

第六课　联中析字

知识窗

析字属于字形修辞，就是将某些汉字的形体结构进行分析肢解，利用文字离合的方法或拆或合而表示一定的意义。这种析字联往往翻出新意，妙趣横生。析字可分为拆字、合字、离合。梁章钜《巧对录》有一联："鸿是江边鸟，蚕为天下虫。"将"鸿"拆成"江""鸟"二字，"蚕"拆成"天""虫"二字，巧缀成联，拆字自然，语意天成。另有一析字联流传很广："此木为柴山山出，因火成烟夕夕多。"上联"此木"合为"柴"，"山山"合为"出"，除荒山秃岭外，几乎山山出产木柴；下联"因火"合成"烟"，"夕夕"合成"多"，夕阳西下，每见村舍中升腾起缕缕炊烟。上下联遣词造句均恰当合理。

练习台

1. 对一对。

黑土墨，(　　　　)。

闲看门中木，(　　　　)。

2. 括号里填上合适的数字，将下列析字联补充完整。

冻雨洒窗，东(　　)点，西(　　)点；

切瓜分瓣，横(　　)刀，竖(　　)刀。

楹联里的母亲河——黄河

"万里黄河流日夜，中州文物壮乾坤。"这副楹联题的是黄河。黄河，是中国的第二大河流。它发源于青藏高原巴颜喀拉山北麓的约古宗列盆地，自西向东分别流经四川、甘肃、宁夏、内蒙古、山西、陕西、河南及山东等省区，最后流入渤海，全长约5464公里，流域面积约79.5万平方公里。黄河孕育了中华文明，是中华文明最主要的发源地。大约在4000多年前，流域内形成了一些血缘氏族部落，其中以炎帝、黄帝两大部族最为强大。后来，黄帝取得盟主地位，并融合其他部族，形成"华夏族"。世界各地的中华儿女都把黄河流域认作中华民族的摇篮，称黄河为"母亲河""四渎之宗"，视黄土地为自己的"根"。

联读黄河

极目长河迎晓日，开襟幽涧起雄风。

中岳南悬，气壮五龙楼阁；大河东泻，乳挚千古英雄。

北望幽燕，长城万里金汤固；东流沧海，故国千年雾瘴开。

第七课 偏旁妙对

知识窗

偏旁对联就是用有相同的偏旁部首的汉字组成的对联。这种联因具有整齐的形式美而引起人们的特殊兴趣。主要有以下几种情况：

第一，上下联字的偏旁完全相同。如上下联所有字的偏旁都是"宝盖"：

宠宰宿寒家，穷窗寂寞；

客官寓宦宅，富室宽容。

第二，上下联各用一个偏旁。如上联为山字旁，下联为三点水旁：

峰峦崇岱岳，江海涌潮流。

第三，特定偏旁。如金木水火土五行偏旁对：

烟锁池塘柳，炮镇海城楼。

练习台

1. 下面是一副打乱了顺序的同偏旁对联，请你把它理顺还原。

湛 江 港 渤 海 湾 清 浊 波 浪 滚 滚 滔 滔

2. 对一对。

林木森森，梧榕松柏柳；（　　　　　　　　　　　　）。

楹联里的东海

"惟有幽人自来去，欲倾东海洗乾坤。"这副楹联题的是东海。黄海以南，中国东方的海域，东至日本琉球群岛，都称为东海。东海西部为大陆架，东部为大陆坡，有台湾岛、舟山群岛、澎湖群岛、钓鱼岛等。东海的海湾以杭州湾最大，流入东海的河流有长江、钱塘江、闽江及浊水溪等。大陆流入东海的江河，长度超过百公里的有40多条，其中长江、钱塘江、瓯江、闽江等四大水系是注入东海的主要江河。东海，历来属于中国领海。2013年11月23日，中国政府在此设立东海防空识别区。

名联坊

联读东海

福如东海长流水，寿比南山不老松。

东海筹添同庆祝，南山颂献赋登临。

朝观东海红霞艳，夜睹西牖素影明。

第八课　玻璃对联

知识窗

　　玻璃对，是指由贴在玻璃上，从正反两面看都一样的这类字所组成的对联。撰写楹联时特意选用左右对称的字，如"大、文、因、天"等，这些字就叫玻璃字，它们组成的对联就叫玻璃对。这种运用笔画左右均衡的字撰成的对联，字字左右对称、正反相同，让人无论从哪面看都可以毫不费事地识读出来，有一种别具风味的对称美。如清代吴𪩘(zī)题的玻璃对："金简玉册自上古，青山白云同素心。"另有辽宁营口市征联："山水林田，至营口宜赏美景；桑蚕米果，出盖县富甲关东。"出句写营口市的环境特点，对句写盖县的农土特产。对句在句式、词性等方面与出句基本相对，用玻璃对式相对，实属不易。

练习台

1. 从下列句中找出玻璃字，并用圆圈把它们圈出来。

春来塞北风光美，日照江南景象新。

2. 从下面的玻璃字中，随意挑选几个字，组成玻璃字联。

春 来 画 又 杏 同 开 不 本 思 美 日 天 古 山 青

楹联里的南海

"白帆摇出东方日，银网收回南海潮。"这副楹联题的是南海。南海，位于中国大陆的南方，是太平洋西部海域，中国三大边缘海之一，为中国近海中面积最大、水最深的海区。南海南北纵跨约2000公里，东西横越约1000公里，北起广东省南澳岛与台湾岛南端鹅銮鼻一线，南至加里曼丹岛、苏门答腊岛，西依中国大陆、中南半岛、马来半岛，东抵菲律宾，通过海峡或水道东与太平洋相连，西与印度洋相通，是一个东北—西南走向的半封闭海。中国汉代时称为涨海、沸海。清代改称南海。南海诸岛包括东沙群岛、西沙群岛、中沙群岛和南沙群岛。南海有丰富的海洋油气矿产资源、滨海和海岛旅游资源、海洋能资源、港口航运资源、热带亚热带生物资源。

联读南海

古洞云深，气吞南海；香山霞蔚，春满西湖。

佛地锁星桥，疑是南海泽畔；洞天擘石阁，居然普陀岩中。

佛亦爱临安，法像自北朝留住；山皆学灵鹫，洛伽从南海飞来。

第九课　一字多读

知识窗

运用汉语一字多音、同音异字的特点创作对联，使联中几个字字同音不同，音同义不同。如北京故宫太和殿联："乐乐乐乐乐乐乐，朝朝朝朝朝朝朝。"上联一、三、五、六之"乐"读音乐之"乐"，二、四、七之"乐"读欢乐之"乐"。下联一、三、五、六之"朝"读朝霞之"朝"，二、四、七之"朝"读朝廷之"朝"。

练习台

1.有一卖豆芽者为他的豆芽题了一副楹联，全联十四字，却全是"长"字，联曰："长长长长长长长，长长长长长长长。"意为希望他的豆芽不断地长，并长得很长。但是顾客经常读错，请你帮他给对联注上正确的拼音：上联一、三、五、六之"长"一个音，应该读＿＿＿＿＿，二、四、七之"长"一个音，读＿＿＿＿＿；下联正相反，一、三、五、六之"长"读＿＿＿＿＿，二、四、七之"长"读＿＿＿＿＿。

2. 连一连，名联对对碰。

挟泰山以超北海　　　方壶圆峤水中央

吟卧南阳谋已定　　　驭大鹏而游南溟

玉宇琼楼天上下　　　花残北海雨惊心

月满西楼星眨眼　　　挟超北海力难能

楹联里的北海

"北海云生龙对舞，丹山日上凤双飞。"这副楹联题的是北海。东海和南海大家都比较熟悉，北海被认为是指位于俄罗斯境内的贝加尔湖，在古代被称为"北海"，苏武曾在那里牧羊。西汉天汉元年（公元前100年），苏武奉命以中郎将持节出使匈奴，因匈奴内乱被扣留。匈奴贵族多次威胁利诱，欲使其投降，苏武坚贞不屈；后将他迁到北海牧羊，扬言要公羊生子方可释放他回国。苏武历尽艰辛，留居匈奴十九年持节不屈，至西汉始元六年（公元前81年）方获释回汉。他去世后，汉宣帝将其列为麒麟阁十一功臣之一，彰显其节操。

联读北海

西山翠色生岩腹，北渚清涟涨岸隈。

岩泉澄碧生秋色，林树萧森带曙霞。

雁掠西窗拖怨影，鲲辞北海卷惊涛。

第十课　一语双关

知识窗

双关，就是语意双关，一句话同时涉及两件事。从字面上看是一层意思，细品又有另一层意思。双关主要有以下三种形式：

第一，谐音双关。借同音的词语来表达联意的双关。

第二，寓意双关。让人们根据对联创作背景去推想，理解其意义。

第三，借形双关。在对联中，用一个字形相同或同一形体的字来表达，叫借形双关。例如明清思想家王夫之题湘西草堂联："清风有意难留我，明月无心自照人。"这副对联属部分借形。乍看此联，好像是一副写景联，而实际上寓意深远。作者是借贬"清风"而贬清朝，借褒"明月"而褒明朝。这副对联表里互见，明暗交替，既遮人耳目，又独抒心志，堪称佳联。

练习台

1. 四川省内江三元塔有一副对联，请你圈出联中的双关语。

身居宝塔，眼望孔明，怨江围实难旅步；

鸟在笼中，心思槽巢，恨关羽不得张飞。

2. 连一连，西湖名联对对碰。

明月自来去　　　　　　无云水自阴

不雨山常润　　　　　　茶烹谷雨春

诗写梅花月　　　　　　空潭无古今

楹联里的西湖

"山山水水，处处明明秀秀；晴晴雨雨，时时好好奇奇。"这副楹联题的是西湖。西湖位于浙江省杭州市西部，是中国主要的观赏性淡水湖泊，也是国家重点风景名胜区。西湖三面环山，湖中被孤山、白堤、苏堤分隔，按面积大小分别为外西湖、里西湖、后西湖、小南湖及岳湖等五片水面。苏堤、白堤越过湖面，小瀛洲、湖心亭、阮公墩三个人工小岛立于外西湖湖心，夕照山的雷峰塔与宝石山的保俶塔隔湖相映。由此形成了"一山、二塔、三岛、三堤、五湖"的基本格局。2011年6月24日，杭州西湖文化景观被列入世界遗产名录。

联读西湖

四壁荷花，香风入座；三间水榭，明月满湖。

重重叠叠山，曲曲环环路；高高下下树，叮叮咚咚泉。

翠翠红红，处处莺莺燕燕；风风雨雨，年年暮暮朝朝。

第三编 六年级（上）

第一课 比喻

知识窗

比喻，就是利用两种事物的类似处加以比较说明，用具体比抽象，用浅显比深奥，用熟悉比陌生，从而使事物更生动、更具体，给人的印象更深刻。被比喻的事物叫"本体"，作比喻的叫"喻体"。本体和喻体之间的词叫"比喻词"。主要有以下几类：

第一，明喻。明确无误地打比方，比喻词多用"像""犹如""宛如""如""似"等。如黄果树瀑布联："白水如棉，不用弓弹花自散；红霞似锦，何须梭织天生成。"

第二，暗喻。与明喻不同之处在于，暗喻的比喻词不像明喻中的比喻词那样明确，有时干脆省略比喻词。如郑板桥题扬州小金山月观联："月来满地水，云起一天山。"

第三，借喻。把比喻事物当作被比喻事物来使用，也常常用来塑造艺术形象，抒发情感，表达意趣。如："日照纱窗，莺蝶飞来，映出芙蓉牡丹；雪落板桥，鸡犬行过，踏成竹叶梅花。"上联"芙蓉牡丹"不是"莺蝶"的喻体而是莺蝶影子的喻体，而"竹叶梅花"不是鸡犬的喻体而是鸡犬足迹的喻体。这种本体事物隐而不现的，我们视为借喻。

练习台

1.读一读课文《赵州桥》里的一副联，判断比喻的类别。

水从碧玉环中过，人在苍龙背上行。　　　　　（　　　）

2. 请分别用横线和波浪线在下列对联中标出比喻句的本体和喻体。

立残杨柳风前，十里鞭丝，流水是车龙是马；

望尽玻璃格里，三更灯影，美人如玉剑如虹。

兰亭

兰亭，位于浙江省绍兴市西南13公里的兰渚山麓，是东晋著名书法家王羲之的园林住所，是一座晋代园林。相传春秋时期越王勾践曾在此植兰，汉时设驿亭，故名兰亭。明嘉靖二十七年(1548年)，时任郡守沈启迁建兰亭于今址。之后，兰亭被几次改建，最后于1980年被修复成明清园林的风格。

联读兰亭

毕生寄迹在山水，列坐放言无古今。

深林闲数新添笋，小沼时观旧放鱼。

竹荫满地清于水，兰气当风静若人。

第二课　比拟

知识窗

比拟，是在想象中把人当物，或把物当人，或把此物当彼物的修辞手法。在

楹联创作中正确运用比拟,可使读者开阔思路,增强联语的艺术感染力。主要有以下几类:

第一,拟人。如:"松邀白鹤聊诗话,山借红霞作嫁衣。"第二,拟物。如:"桌上无肴,敲联下酒;锅中少饭,琢句充肠。"第三,混拟。如:"清风明月本无价,近水远山皆有情。"上联拟物,下联拟人。

练习台

1. 填一填。

_____岁寒三友,桃李杏春风一家。(春联)

虚心_____有低头叶,傲骨_____无仰面花。(咏志联)

绿水本无忧,因风_____;青山原不老,为雪_____。(写景联)

2. 读一读,判断下列对联是拟人还是拟物。

春风放胆来梳柳,夜雨瞒人去润花。　　　(　　)

天着霞衣迎日出,峰腾云海作舟浮。　　　(　　)

国风馆

流觞亭

流觞亭位于浙江省绍兴市兰亭景区内,是为了纪念"曲水流觞"活动而修建的。乾隆皇帝敕额御书"流觞亭",匾额有"曲水趣欢处"五个大字。兰亭内的流觞亭面阔三间,四面有围廊。旁边有一联:"此地似曾游,想当年列坐流觞未尝无我;仙缘难逆料,问异日重来修禊能否逢君。"流觞亭前有一弯弯曲曲的水沟,水在曲沟里缓缓流过,这就是《兰亭序》里有名的曲水。当年王羲之等人就是列坐在曲水岸边,进行流觞活动。有人在曲水的上游,放上一只盛酒的杯子,酒杯由荷叶托着顺水流漂行,到谁处停下,谁就得赋诗一首,作不出者罚酒一杯。

名联坊

联读流觞亭

胜迹流连邻曲院，群贤觞咏继兰亭。

披雾还观沧海日，流觞却异永和人。

俯仰之间已成陈迹，少长咸集畅叙幽情。

第三课　夸张

知识窗

夸张：在构思对联时，许多文人墨客对事物作扩大或缩小形象的描述，借以突出描写对象的主要方面和本质特点。主要有以下几类：

第一，扩大夸张。把事物尽量向大的方面夸张。如："直上青天揽日月，欲倾东海洗乾坤。"

第二，缩小夸张。把事物尽量往小、少、弱等方面去说。如"许多丘壑胸中贮，无数烟云笔底生"（画室联）以及"六朝山色收杯底，千里江声到枕边"（镇江北固山祭江亭联）。

第三，提前夸张。将后来发生的事情说成是先发生的事情。如："酒未沾唇人已醉，肴方近口齿先香。"

1. 选一选，填一填。

（1）挹东海以为_____，三楚云山浮海里；

酿长江而做_____，四方豪杰聚楼头。（醴、觞）

（2）瓢饮_____，一吞六七千里；

笛横_____，三弄十二万年。（长江、大别）

2. 读一读，判断下列对联是否用了夸张的修辞手法。

惟有幽人自来去，欲倾东海洗乾坤。　　　　　　　　（　　）

爽气西来，云雾扫开天地憾；大江东去，波涛洗尽古今愁。（　　）

楹联里的醉翁亭

醉翁亭，位于安徽省滁州市西南琅琊山麓，始建于北宋庆历六年（1046年），由唐宋八大家之一的欧阳修命名。醉翁亭布局严谨小巧，曲折幽深，富有诗情画意。亭中新塑欧阳修立像。亭旁有一巨石，上刻圆底篆体"醉翁亭"三字。醉翁亭一带的建筑布局紧凑别致，具有江南园林特色。醉翁亭因欧阳修及其《醉翁亭记》而闻名遐迩，数百年来虽然多次遭劫，但终不为人所忘。

名联坊

联读醉翁亭

饮既不多，缘何能醉；年犹未迈，奚自称翁。

翁去八百载，醉乡犹在；山行六七里，亭影不孤。

并未成翁，到处也须杖履；不能一醉，此来辜负山林。

第四课　衬托

知识窗

衬托又叫映衬，即"烘云托月"法，它是为了突出主要事物，用正面的类似的事物或用反面的有差别的事物来作陪衬的修辞手法。它可以使主题思想含蓄，耐人寻味。具体来说，也就是在创作对联的时候，把本应该作直接描写的事物借助其他事物从侧面或者反面加以显示。因此衬托又可分为正衬和反衬两种：

第一，正衬。联句以类似或相关的物体来衬托主体。如："院内梅花迎岁绽，门前萱草贺春荣。"

第二，反衬。联句用同主体相反的事物作背景，从反面衬托主体，使主体显得更明显、更突出。如扬州净香园联："谷静秋泉响，楼深复道通。"

练习台

1. 根据要求，填一填。

洞古＿＿＿＿为瓦，溪幽＿＿＿＿作桥。（正衬）

风定花犹＿＿＿＿，鸟鸣山更＿＿＿＿。（反衬）

飞瀑半天晴亦＿＿＿＿，寒潭终古夏如＿＿＿＿。（反衬）

2. 读一读，判断下列对联是正衬还是反衬。

帆远浮天阔，江空得月多。　　　　　　　　　（　　）

人从宋后羞名桧，我到坟前愧姓秦。　　　　　（　　）

国风馆

楹联里的爱晚亭

爱晚亭,位于湖南省岳麓山下清风峡中,坐西向东,三面环山,始建于清乾隆五十七年(1792年),由岳麓书院院长罗典创建,原名红叶亭,后由湖广总督毕沅根据唐代诗人杜牧"停车坐爱枫林晚,霜叶红于二月花"的诗句,改名爱晚亭。今亭与安徽滁州的醉翁亭、浙江杭州的湖心亭、北京陶然亭公园的陶然亭并称中国四大名亭。爱晚亭也是革命活动圣地,毛泽东青年时代常与罗学瓒、张昆弟等人一起到岳麓书院,与蔡和森聚会于爱晚亭下,纵谈时局,探求真理。

名联坊

联读爱晚亭

山径晚红舒,五百天桃新种得;

峡云深翠滴,一双驯鹤待笼来。

无限夕阳千树叶,四围空翠一亭山。

晚景自堪嗟,落日余晖,凭添枫叶三分艳;

春光无限好,生花妙笔,难写江天一色秋。

第五课　对比

知识窗

对比,就是把两种事物或者一种事物的两个方面放在一起进行比较,从而使事物的特征、状态、性质等更加突出。这种对比的方法运用到楹联创作中，使语言色彩更加明显，给人的印象更加深刻。主要有两类：

第一，两物对比。把相反、相对的两种事物放在一起进行比较。如："凌霄羽毛原无力，坠地金石自有声。"

第二，一物两面相比。将一种事物相对、相反的两个方面进行对比。如："同外国民族争强，方为好汉；对自己乡亲和气，乃是英雄。"

练习台

1. 选一选，填一填。

柳絮体_____却无骨，梅花形_____却有神。（瘦、媚）

平直中坚能作栋，质_____表_____不成材。（虚、美）

2. 岳飞墓门的下边有四个铁铸的人像，反剪双手，面墓而跪，即陷害岳飞的秦桧、王氏、张俊、万俟卨四人。跪像的背后墓门上有联"青山有幸埋忠骨，白铁无辜铸佞臣"，这副对联里的"忠骨"和"佞臣"各指谁？

楹联里的陶然亭

陶然亭在北京西城区陶然亭公园内，由工部郎中江藻建于清康熙三十四年（1695年）。亭名取唐代诗人白居易"更待菊黄家酿熟，共君一醉一陶然"之诗意。陶然，喜悦的样子。这座小亭颇受文人墨客的青睐，被誉为"周侯藉卉之所，右军修禊之地"，更被全国各地来京的文人视为必游之地。清代200余年间，此亭享誉经久，长盛不衰，成为京都一胜，是中国四大历史名亭之一，1952年被辟为公园。

联读陶然亭

烟笼古寺无人到，树倚深堂有月来。

似闻陶令开三径，来与弥陀共一龛。

慧眼光中，开半亩红莲碧沼；

烟花象外，坐一堂白月清风。

第六课　借代

知识窗

　　借代就是不说出事物的原名而借用跟它有关联事物的名称来代替它，也就是换个说法，故借代也称换名。原事物称作本体，用来代替本体的事物称借体。借代，可使楹联的语言富有变化，造成鲜明生动的形象特征，以引起人们广泛的联想。主要有以下几类：

　　第一，以具体代抽象。"黑发不知勤学早，白头方悔读书迟。"借"黑发"代替本体——青年，借"白头"代替本体——老年。

　　第二，以抽象代具体。如于谦幼时折花藏于袖中，为塾师所窥。塾师出对："小孩子暗藏春色。"于谦应答："老大人明察秋毫。"上面塾师的出句便含有借代，"春色"代指花。

　　第三，以全体代部分。如张居正与顾璘赏菊，见一折菊者，二人对答："赏菊客来，两手擘残彭泽景；卖花人去，一肩挑尽洛阳春。""彭泽景"代指菊，"洛阳春"代指花。

第四，以部分代全体。如三闾大夫祠联："何处招魂，香草还生三户地；当年呵壁，湘流应识九歌心。""三户"语出《史记·项羽本纪》："楚虽三户，亡秦必楚。""三户"犹言几户人家，代指楚国。《九歌》为屈原《楚辞》篇名，代指屈原。

第五，以特殊代一般。"皆替红颜添俏丽，顿教巾帼显风流。""红颜""巾帼"代指妇女。

第六，以一般代特殊。如苏州白居易祠联："唐代论诗人，李杜以还，唯有几篇新乐府；苏州怀刺史，湖山之曲，尚留三亩旧祠堂。"苏州历代产生诸多刺史，此处刺史专代指白居易。

第七，以事物特征代事物。如清末鸦片战争时，时人撰联讽刺清朝官员："头上有情飘翠羽，胸中无策退红毛。""翠羽"即清朝官员之蓝翎顶戴，代指清朝官员；"红毛"代指英国侵略军。

练习台

1. 根据要求，填一填。

吴宫花草埋幽径，晋代衣冠成古丘。"衣冠"代指（　　）。

迎来海外三千履，望尽齐州九点烟。"履"代指（　　）。

一杯龙井消烦渴，几曲焦桐解虑忧。"龙井"指（　　），"焦桐"指（　　）。

2. 读一读，判断下列对联是借物代物还是借物代人。

轮影渐移花树下，镜光如挂玉楼头。　　　　　　（　　）

八千子弟随流水，百二山河委大风。　　　　　　（　　）

楹联里的沧浪亭

　　沧浪亭，位于苏州市南三元坊沧浪亭街，是一处始建于北宋的古典园林建筑，原为五代吴越广陵王钱元璙的花园（一说为吴越中吴军节度使孙承祐的别墅），北宋庆历五年（1045年）诗人苏舜钦在园内临水筑亭。亭立于山岭，高旷轩敞，石柱飞檐，古雅壮丽，山上古木葱郁，青翠欲滴，左右石径斜廊皆出于丛竹、蕉荫之间，山旁曲廊随波，可凭可憩。循级至亭心，可观全园景色，旧时可眺南园田野村光，园外涟漪一碧与山亭相映。相传亭中石棋枰为子美遗物。沧浪亭与狮子林、拙政园、留园并列为苏州宋、元、明、清四大园林。

联读沧浪亭

　　短艇得鱼撑月去，小轩临水为花开。
　　清风明月本无价，近水远山皆有情。

第七课　排比

知识窗

　　排比就是把结构相同或相似、意义相关、节奏一致的平行短句排列在一起，表达相似或相关联意义的修辞手法。排比可起到增强语势、加深情感、强调事理的作用。排比联中的排比相数至少有三相，其形式整齐，结构严谨，意思连贯，节奏鲜明，有一气呵成之势。排比联的形式有前段排比、中段排比、后段排比和全联排比。

第一，前段排比。如周恩来挽联："有雄才，有伟略，有奇勋，实在有德；无后裔，无偏心，无享受，真正无私。"

第二，中段排比。如昆明西山飞云阁联："半壁起危楼，岭如屏，海如镜，舟如叶，城郭村落如画。况四时风月，朝暮晴阴，试问古今游人，谁领略万千气象。九秋临绝顶，洞有云，崖有泉，松有涛，花鸟林壑有情。忆八载星霜，关河奔走，难得栖迟故里，来啸傲金碧湖山。"

第三，后段排比。如福建邵武熙春山憩亭联："放开眼孔，看晓日才上，夜月正圆，山雨欲来，溪云初起；洗净耳根，听林鸟争啼，寺钟答响，渔歌唱晚，牧笛催归。"

第四，全联排比。如："容人却侮，谨身却病，小饮却愁，少思却梦，种花却俗，焚香却秽；静坐补劳，独宿补虚，节用补贫，为善补过，息忿补气，寡言补烦。"

练习台

读一读，找出下列对联中的排比句。

武汉东湖联：

鹄比翼，花颦眉，柳拂裙，画意更兼诗意；

林蕴幽，水凝碧，山环翠，东湖不让西湖。

杭州灵隐寺联：

宝坊阅千载常新，楼阁喜重开，依旧前台花发，清夜钟闻，东涧水流，南山云起；

胜境数西湖第一，林泉称极美，试看驼岘风高，鹫峰石峙，龙泓月印，猿洞苔斑。

武汉黄鹤楼联：

数千年胜迹，旷世传来，看凤凰孤屿，鹦鹉芳洲，黄鹤渔矶，晴川杰阁。好个春花秋月，只落得剩水残山。极目古今愁，是何时崔颢题诗，青莲搁笔？

一万里长江，几人淘尽？望汉口夕阳，洞庭远涨，潇湘夜雨，云梦朝霞。许多酒兴风情，仅留下苍烟晚照。放怀天地窄，都付与笛声缥缈，鹤影蹁跹。

鄱阳湖石钟山联：

忠臣魄，烈士魂，英雄气，名贤手笔，菩萨心肠，合古今天地之精灵，同此一山结束；

蠡水烟，溢浦月，浔江涛，马当斜阳，匡庐瀑布，极南北东西之胜景，全凭两眼收来。

国风馆

楹联里的杭州湖心亭

湖心亭位于西湖中央，是中国四大名亭之一。在湖心亭极目四眺，湖光皆收眼底，群山如列翠屏，在西湖十八景中被称为"湖心平眺"。清帝乾隆在亭上题过匾额"静观万类"以及楹联"波涌湖光远，山催水色深"。亭前有乾隆皇帝手书"虫二"石碑，正好是繁体"风月"去掉外框笔画后所剩的字，寓意此处风月无边。环岛皆水，环水皆山，置身于湖心亭，确有身处世外桃源之感。

名联坊

联读湖心亭

到处溪山如旧识，此间风物属诗人。

欲把西湖比西子，更邀明月说明年。

一片山光浮水国，十分明月到湖心。

第八课　反复

知识窗

　　反复就是为强调某种感情，突出某种意思，故意连续或间隔重复某个词语或句子。在楹联中运用反复的修辞手法，可进一步深化主题，表达强烈的感情，增强联语的层次性和节奏感。常见的有连续反复和间隔反复。

　　第一，连续反复。同一字、词或句子紧紧连接，反复出现。如大连庄河仙人洞联："仙乘黄鹤去，知否？知否？客伴春风来，乐哉！乐哉！"

　　第二，间隔反复。相同的词、句子间隔出现，即有其他词或句子在中间隔开。如湖北汉阳古琴台联："一曲高山，一曲流水，千载传佳话；几分明月，几分清风，四时邀游人。"

练习台

1. 读一读，画出下列对联中的反复句。

来吧，来吧，都道是此间乐；

轻点，轻点，莫惊了天上人。

年难过，年难过，年年难过年年过；

事无成，事无成，事事无成事事成。

2. 读一读，体会下列对联中反复辞格的妙处。

望江楼，望江流，望江楼上望江流，江楼千古，江流千古；

印月井，印月影，印月井中印月影，月井万年，月影万年。

国风馆

楹联里的历下亭

历下亭巍立于大明湖中最大的岛上，是闻名遐迩的海右古亭，也是济南名亭之一。因其南临历山（千佛山），故名历下亭，亦称古历亭。历下亭挺拔端庄，古朴典雅，红柱青瓦，八角重檐。亭上二层檐下悬有乾隆皇帝书"历下亭"红底金字匾额。整个岛上绿柳环合，花木扶疏，亭台轩廊错落有致，修竹芳卉点缀其间。春天，修竹婆娑，翠柳笼烟。秋天，湖水荡漾，凉风徐吹，令人心爽，被称作"历下秋风"，为古时历城八景之一。

名联坊

联读历下亭

有鹤松皆古，无花地亦香。

有亭翼然，纤尘不染；高山仰止，清光大来。

风雨送新凉，看一派柳浪竹烟，空翠染成摩诘画；

湖山开晚霁，爱十里红情绿意，冷香飞上浣花诗。

第九课　顶针

知识窗

顶针又名顶真、联珠、连环、连锁，是重字技巧的一个特例，即上一分句的尾字与下一分句的首字相重，使相邻句子首尾相连、上递下接、环环相扣，以突出事物的因果与事物的衔接关系。主要分三种情况：

第一，单顶，即下句首一字顶上句尾一字。如："蚕结茧，茧抽丝，丝织绫罗绸缎；狼生毫，毫扎笔，笔写锦绣文章。"

第二，复顶，即上一分句尾多字与下一分句首多字重复。如："切忌空谈，空谈误国；务须实干，实干兴邦。"明人解缙八岁时游南京金水河，文人胡子祺出对，解缙对句："金水河边金线柳，金线柳穿金鱼口；玉栏杆外玉簪花，玉簪花插玉人头。"上下联各以三音节词"金线柳"和"玉簪花"顶针。

第三，混顶，即在上下联中既有单顶，又有复顶。如："大鱼吃小鱼，小鱼吃虾，虾吃泥，泥干水尽；朝廷刮州府，州府刮县，县刮民，民困国危。"上下联中的顶针为"复顶—单顶—单顶"形式。

练习台

1.读一读，判断下列对联是不是顶针句。

尺蛇入谷量量九寸零十分，七鸭浮江数数三双多一只。（　　）

白云随鹤舞舞出霓裳羽衣，明月逐人归归到蟾宫桂阴。（　　）

2.读一读，体会顶针在下列对联中的妙处。

大肚能容，容天下难容之事；开口便笑，笑世间可笑之人。

楼外青山，山外白云，云飞天外；池边绿树，树边红雨，雨落溪边。

国风馆

楹联里的沉香亭

沉香亭位于唐长安城兴庆宫内龙池东北方，是当年玄宗皇帝和贵妃杨玉环游乐宴饮、观赏牡丹的地方。现今的沉香亭坐落在大湖中央岛的两层水泥台基上，四角攒顶形式，上盖碧色琉璃瓦；下面朱柱挺立，雕梁画栋；刻门凿窗玲珑别透，金碧辉煌。亭西南角的牡丹台，形似立体的牡丹花图案，上置各色牡丹，凭栏俯视，宛如一朵盛开的五色牡丹花，与周围的草坪花坛相互映衬，妙趣天成。据说，当时兴庆宫的沉香亭是用沉香木建成，所以称"沉香亭"。亭周围栽植着各色牡丹、芍药，唐玄宗和杨贵妃一年一度在此赏花，还在此召见过著名诗人李白，命他作诗咏牡丹花开。诗人李白即席写下"名花倾国两相欢""沉香亭北倚阑干"的诗句。

名联坊

联读沉香亭

花萼楼前红粉泪，沉香亭畔故人诗。

帝苑重游，怕见名花开旧圃；

阑干闲倚，独怜乱石叠西山。

第十课　回文

知识窗

回文又称回环，即利用语序的回环往复来表达事物之间的有机联系。回文联可顺读，也可倒读，多具情趣。主要有以下几类：

第一，本句回文。上下联本身都可倒读，语序一致。如桂林斗鸡山联："斗鸡山上山鸡斗，龙隐岩中岩隐龙。"

第二，倒换回文。上下联倒读后互换成新联，如武汉龟山联："迢迢绿树江天晓，蔼蔼红霞海日晴。"上下联颠倒后，倒读成为："晴日海霞红蔼蔼，晓天江树绿迢迢。"

第三，谐音回文。顺读倒读只同音不同字，不能构成完整明确的意义。如李调元对唐伯虎联："画上荷花和尚画，书临汉字翰林书。""尚"与"上"谐音，"和"与"荷"谐音，"林"与"临"谐音，"翰"与"汉"谐音。上下联顺读倒读声调相同，听起来一样，但倒读文理不通。

第四，变序回文。将联中词、句顺序变换。如闻一多烈士挽联："一个人倒下去，千万人站起来；千万人站起来，一个人倒下去。"上联"倒下去"指闻一多牺牲，下联"倒下去"指独裁者灭亡。

第五，部分回文。部分字或词回环。如杭州西泠印社联："面面有情，环水抱山山抱水；心心相印，因人传地地传人。"

练习台

1.读一读，判断下列对联是不是回文句。

响水池中池水响，黄金谷里谷金黄。（　　）

静泉山上山泉静，清水塘里塘水清。（　　）

2.读一读，体会回文在下列对联中的妙处。

厦门鼓浪屿的鱼腹浦地处海中，岛上层峦叠嶂，烟雾缭绕，海渺渺水茫茫，远接云天。于是，一副饶有趣味的回文联便应运而生："雾锁山头山锁雾，天连水尾水连天。"

国风馆

楹联里的翠微亭

翠微亭位于杭州灵隐寺前面飞来峰北麓半山腰上，亭子小巧玲珑，亭旁山径旋绕，掩映在苍松古木之中，朴素而端庄。南宋绍兴年间，岳飞被以"莫须有"的罪名杀害于风波亭。一时之间，群臣良将义愤填膺。韩世忠曾责问道："莫须有三字何以服天下。"结果他被解除了兵权。从此他常头戴一字巾，足跨小毛驴，浪迹于西湖山水间。韩世忠偶登飞来峰，看到北宋钱塘人、给事中唐询所建"紫微亭"旧址，由峰名"飞来"想起飞来横祸，由"紫微亭"想起岳飞《池州翠微亭》诗："经年尘土满征衣，特特寻芳上翠微。好山好水看不足，马蹄催趁月明归。"在岳飞遇难后的第66天，即南宋绍兴十二年（1142年）三月五日，韩世忠于杭州新建翠微亭。

联读翠微亭

回钟岩漾融闻性，幽翠玄微印觉心。

路转峰回藏古迹，亭空人往仰前贤。

万壑松风和涧水，千年豪杰壮山丘。

第四编　六年级（下）

第一课　常见的对联句式

知识窗

对联除了要做到对仗和谐、平仄合理、节奏有致、词性相近，还要注意句式。句法问题，实质就是语法的逻辑问题。句法不通，即使联句意义再好，也难为佳句，这是属对中不可忽视的一个问题。常见的对联（短联）句法，大致有以下几种类型：并列句式、连贯句式、递进句式、假设句式、条件句式、转折句式、选择句式、因果句式、目的句式等。

练习台

1. 连一连，名联对对碰。

稼收平野阔　　　　　　　龙跃洞中天

露清花递馥　　　　　　　风正一帆悬

鹤栖云里院　　　　　　　好风襟袖知

微雨池塘见　　　　　　　风度水生纹

2. 读一读，体会下列对联的特点。

云晴当槛碧，山晓入楼青。

悬来太谷雪，化作清瑶流。

浮云无定所，空谷寄遐思。

楹联里的黄鹤楼

故址位于武汉市蛇山的黄鹄矶头,面对鹦鹉洲,相传始建于三国时期,历代屡废屡建。现楼为1985年重建,楼址仍在蛇山头。黄鹤楼一共有五层,高50.4米,相当于16层楼房,攒尖顶,层层飞檐,四望如一。在主楼周围还建有胜象宝塔、碑廊、山门等建筑。整个建筑具有独特的民族风格。唐代诗人崔颢的一首七律使得黄鹤楼名声大噪,享誉海外,从此黄鹤楼成为中国名楼中名气最大的楼阁。

联读黄鹤楼

爽气西来,云雾扫开天地憾;

大江东去,波涛洗尽古今愁。

一楼萃三楚精神,云鹤俱空横笛在;

二水汇百川支派,古今无尽大江流。

身在九霄,看月印长江,千斛明珠涌出;

眼空万里,望浮云孤岳,半天玉尺平来。

第二课　并列句式

知识窗

　　并列句式，即上下联在形式上平行并列、语气一致；上下联分别从两个不同的角度说明同一个事物，描述同一个主题。这种形式的联语常在句中用"也""又""既……又……"等，当然，也可以不用关联词，称意合法。如明代文人游俊作成都武侯祠联："两表酬三顾，一对足千秋。"作者抓住最能表现诸葛亮形象的两个方面——"两表"（《前出师表》《后出师表》）和"一对"（《隆中对》），对诸葛亮进行了歌颂，表现了他超人的才智和非凡的功绩。联语语言精练，条理清楚。此类对联浓墨重彩、形象鲜明，但如果处理不当，会有单调和重复累赘之弊。

练习台

1. 选一选，填一填。

池中香_____渡，亭外风_____来。（徐、暗）

有雨_____生石，无风_____满山。（叶、云）

2. 读一读，判断下列对联是不是并列句式。

穿过花世界，划破水云天。　　　　　（　　）

云晴天宇阔，山静水声幽。　　　　　（　　）

楹联里的岳阳楼

　　岳阳楼耸立在湖南省岳阳市西门城头，紧靠洞庭湖畔。自古有"洞庭天下水，岳阳天下楼"之誉，是江南三大名楼之一。岳阳楼始建于公元220年前后，其前身相传为三国时期东吴大将鲁肃的"阅军楼"，李白赋诗之后，始称"岳阳楼"。千百年来，无数文人墨客在此登览胜境，凭栏抒怀，并记之于文，咏之于诗，形之于画。其中，最为著名的当数北宋范仲淹的《岳阳楼记》，篇中名句"先天下之忧而忧，后天下之乐而乐"已被中国士人奉为立世之格言，也使岳阳楼闻名于天下。

联读岳阳楼

水天一色，风月无边。

洞庭西下八百里，淮海南来第一楼。

四面湖山归眼底，万家忧乐到心头。

第三课　连贯句式

知识窗

连贯句式，即上下联按时间顺序叙述连续事件，或者由意义上的承接关系构成。关联词多用"已……又……""才……又……"等。例如："台湾省已归日本，颐和园又搭天棚。"甲午中日战争以后，清政府被迫将台湾割让给日本，之后有些人主张办海军以图强，慈禧却把海军的公款拿去修建颐和园，国人无不气愤，因此有人写出上联予以讽刺。

练习台

1. 选一选，填一填。

　　_____到水穷处，_____看云起时。（行、坐）

　　忽_____青鸟使，邀_____赤松家。（入、逢）

　　_____饮长沙水，_____食武昌鱼。（又、才）

2. 读一读，判断下列联句是不是连贯句式。

　　雨过山头绿，云来地上阴。　　　　　（　　）

　　即从巴峡穿巫峡，便下襄阳向洛阳。　（　　）

　　请看石上藤萝月，已映洲前芦荻花。　（　　）

国风馆

楹联里的钟鼓楼

　　古代中国的城池，都建有钟楼和鼓楼。钟楼上挂钟，鼓楼上置鼓，每天黎明时分，敲响大钟，打开城门；日落击鼓，城门关闭。"晨钟暮鼓"是古代百姓起居的重要信号。

　　西安钟楼位于古都西安的正中心，始建于明洪武十七年（1384年），昔日楼上悬一口大钟曰"景云钟"，用于报警报时，故名"钟楼"。楼分两层，每层四角均有明柱回廊、彩枋细窗及雕花门扇，尤其是各层均饰有斗拱、藻井、木刻、彩绘等古典优美的图案，是一座具有浓郁汉民族特色的宏伟建筑，也是中国现在能看到的规模最大、保存最完整的钟楼。屋檐四角飞翘，如鸟展翅，由各种动物图案组成的脊兽在琉璃瓦的衬托下，给人以形式古朴、艺术典雅、色彩华丽、层次分明之美感。高处的宝顶在阳光下熠熠闪光，使这座金碧辉煌的古建筑散发出独特的魅力。

　　西安鼓楼也位于古都西安市中心，在西安钟楼西北方约200米处。建于明洪武十三年(1380年)。西安鼓楼建在方形基座之上,为砖木结构,顶部为重檐形式,内有楼梯,游人可盘旋而上。檐上覆盖有深绿色琉璃瓦,楼内贴金彩绘,雕梁画栋,顶部有鎏金宝顶,是西安的标志性建筑。西安鼓楼是中国现存明代建筑中仅次于故宫太和殿、长陵棱恩殿的一座大体量的古代建筑,且在中国同类建筑中年代最久、保存最完好,在历史价值、艺术价值和科学性方面都是同类建筑之冠。

名联坊

联读钟鼓楼

钟号景云鸣彩凤,楼雄川口锁金鳌。

八百里秦川文武胜地,五千年历史古今名城。

贤哲东来,海纳百川方浩瀚;

丝绸西去,路通万国乃繁荣。

第四课　递进句式

知识窗

　　递进句式是指对句和出句的关系从小而大,由浅入深,由表及里。常用的关联词有"况""更""不但……而且……"等。如一理发店联:"不教白发催人老,更喜春风满面生。"在叙事层次上,下联比上联更深一层,下联化用白居易《赋得古原草送别》中的诗句"春风吹又生",寓意尤深,此为联句的高妙之处。有的联省去表示递进关系的关联词,而并不减其递进的意思。如一旅社联:"进门都是客,到此即为家。"这一联虽未用关联词,但仍表示一种递进关系。

练习台

1. 选一选，填一填。

_____穷千里目，_____上一层楼。（更、欲）

勤学_____辍积跬步，笃志_____攀万仞峰。（不、更）

2. 读一读，判断下列联句是不是递进句式。

雨过山头绿，云来地上阴。（　　）

一生不曾屈服，临死还要斗争。（　　）

国风馆

楹联里的阅江楼

阅江楼位于江苏省南京市鼓楼区狮子山巅，屹立在扬子江畔，是江南四大名楼之一、中国十大文化名楼之一，有"江南第一楼"之称。公元1360年，明太祖朱元璋在卢龙山指挥8万伏兵，大败陈友谅40万军队，为后续建立明朝和定都南京奠定了坚实的基础。朱元璋称帝后，于公元1374年改卢龙山名为狮子山，下诏建造阅江楼，并亲自撰写《阅江楼记》，又命众文臣每人写一篇《阅江楼记》，大学士宋濂所写为最佳，后被选入《古文观止》。600余年来，虽有2篇《阅江楼记》流传于世，但因种种原因楼终未建成。直到2001年9月，阅江楼才由南京市政府批建而成，从此结束了六百年来"有记无楼"的历史。

名联坊

联读阅江楼

一江奔海万千里，两记呼楼六百年。

天地沉浮迎日出，古今代谢阅江流。

吴楚名楼今则四，水天明月古来双。

第五课　假设句式

知识窗

假设句式，即出句提出假设，对句作出结论，形成"假若怎么样，那就怎么样""如果怎么样，便会怎么样"的一种结构形式。假设句式联，一般含义深奥，耐人寻味。但是，如果不细心推敲，常常不易对得工整。这种句式常用的关联词有"若""如""便""如果……就……""要是……就……"等。如书画家启功所撰一联："若能杯水如名淡，应信村茶比酒香。"上联出句提出假设，对句推出结果，意思是说如果能将名利视为水一样清淡，你会觉得农家的清茶比酒还香醇。

练习台

1. 选一选，填一填。

杭州孤山放鹤亭对联：

＿＿＿＿问梅消息，＿＿＿＿待鹤归来。（须、若）

清明上河园中药店铺联：

＿＿＿＿世间人长寿，＿＿＿＿架上药生尘。（不惜、但得）

2. 读一读，判断下列联句是不是假设句式。

任我纵横千里目，看他吴楚万重山。　　　　（　　）

纵是有钱难买命，须知无药可通神。　　　　（　　）

名下纵浮财百万，家常也每日三餐。　　　　（　　）

楹联里的大观楼

大观楼位于昆明市区西南2公里的滇池岸边的大观公园内，距市中心约6公里，与西山森林公园隔水相望。大观公园有近华浦和大观楼、楼外楼、花圃和柏园等游览区。大观楼始建于清朝康熙年间，因面临滇池，远望西山，尽览湖光山色而得名。大观楼题匾楹联佳作颇多，最著名的当数由清代名士孙髯所作的180字长联，号称"古今第一长联"，垂挂于大观楼临水一面的门柱两侧。园内花木繁茂，假山、亭阁、小桥、流水，景色极为优美。

联读大观楼

五百里滇池，奔来眼底，披襟岸帻，喜茫茫空阔无边。看东骧神骏，西翥灵仪，北走蜿蜒，南翔缟素。高人韵士何妨选胜登临。趁蟹屿螺洲，梳裹就风鬟雾鬓；更苹天苇地，点缀些翠羽丹霞。莫辜负四围香稻，万顷晴沙，九夏芙蓉，三春杨柳。

数千年往事，注到心头，把酒凌虚，叹滚滚英雄谁在？想汉习楼船，唐标铁柱，宋挥玉斧，元跨革囊。伟烈丰功费尽移山心力。尽珠帘画栋，卷不及暮雨朝云；便断碣残碑，都付与苍烟落照。只赢得几杵疏钟，半江渔火，两行秋雁，一枕清霜。

第六课　条件句式

知识窗

条件句式即出句提出条件，对句得出结果，这种句法关系就是条件句式。例如："多勤寡欲，益寿延年。""多勤寡欲"是条件，"益寿延年"是结果，只有条件具备才能达成结果。也有的条件句式上联先说结果，下联再补述需要的条件。如："欲知千古事，须读五车书。"条件句式联，一般简单明快，说理透彻。

练习台

1. 选一选，填一填。

_____经风雨，_____见彩虹。（不、难）

天地入_____，文章生_____。（风雷、胸臆）

_____论古今兴废事，_____平自己是非心。（欲、须）

2. 读一读，判断下列联句是不是条件句式。

到此已穷千里目，谁知才上一层楼。　　　（　　）

必须经得千般冷，才可炼成一段香。　　　（　　）

楹联里的鹳雀楼

"凌空白日三千丈，拔地黄河第一楼。"这副楹联题的是鹳雀楼。若论自古吟咏楼阁的诗文，除却名扬天下的《岳阳楼记》《滕王阁序》《黄鹤楼》，便是唐代诗人王之涣的《登鹳雀楼》了。"白日依山尽，黄河入海流。欲穷千里目，更上一层楼"堪称千古绝唱，流传于海内外。因诗扬名的鹳雀楼位于山西省永济市蒲州古城西面的黄河东岸，共六层，前对中条山，下临黄河，是唐代河中府著名的风景胜地。相传当年时常有鹳雀栖于其上，因而得名。该楼始建于北周，毁于元初。如今的鹳雀楼为1997年重建。

联读鹳雀楼

凌空白日三千丈，拔地黄河第一楼。

一览兼收三省景，再登可赏四时春。

一楼耸地表，看水接云山，铁牛已自犁沧海；

千古擅名区，任风熏盐海，白日依然偎远山。

第七课　转折句式

知识窗

　　转折句式，即出句推出条件，对句却从相反的方向去叙说，形成转折关系。这种句法在对联中很常见。常用关联词"但""却""然"等，但也有不用者。如一理发店联："虽为毫末技艺，却是顶上功夫。"上联"毫末技艺"在于抑，下联"顶上功夫"意在扬。再如清代政治家翁同龢自题联："文章真处性情见，谈笑深时风雨来。"此联虽未用关联词，但不难看出仍为转折关系。关联词的取舍，全在于作者对内容的处理以及作者的文辞好恶，此无定法。

练习台

1. 选一选，填一填。

_____彪炳英雄业，_____忠诚赤子心。（却有、虽无）

安能尽如_____意，但求无愧_____心。（我、人）

2. 读一读，判断下列联句是不是转折句式。

花径不曾缘客扫，蓬门今始为君开。（　　）

已过半程临古渡，忽生一念转长安。（　　）

国风馆

楹联里的滕王阁

"依然极浦遥天，想见阁中帝子；安得长风巨浪，送来江上才人。"这副楹联写的是滕王阁。滕王阁位于江西省南昌市赣江东岸，始建于唐永徽四年（653年），为唐高祖李渊之子李元婴任洪州都督时所创建。因李元婴曾被封为滕王，故冠名"滕王阁"。登阁纵览，春花秋月尽收眼底，近可见仿古商业街迂回曲折，错落有致；远可观长天万里，清江浩浩，西山横翠，南浦飞云。1988年1月，滕王阁被国务院确定为全国重点文物保护单位，同年8月被列为国家重点风景名胜保护区。历史名篇有：王勃《滕王阁序》、张九龄《登豫章郡南楼》、白居易《钟陵饯送》、辛弃疾《贺新郎·赋滕王阁》等。

名联坊

联读滕王阁

兴废总关情，看落霞孤鹜，秋水长天，幸此地湖山无恙；

古今才一瞬，问江上才人，阁中帝子，比当年风景如何。

第八课 选择句式

知识窗

选择句式,即上下句分别说两件事,表示二者择一。选择句式的对联,一般来说,笔调清朗,语气肯定,倾向鲜明,主题清楚。常用"宁……不……""与其……不如……"等。如:"宁为玉碎,不为瓦全。"联句以"宁……不……"这一关联词直抒胸臆,表现出刚正不阿、一身正气的英雄气概。

练习台

1. 选一选,填一填。

＿＿＿＿悲镜里容颜瘦,＿＿＿＿喜心头疆域宽。(不、且)

宁为战死＿＿＿＿,不作亡国＿＿＿＿。(奴、鬼)

宁与＿＿＿＿比翼,不随＿＿＿＿争鸣。(鸡鹜、凤凰)

2. 读一读,判断下列联句是不是选择句式。

已过半程临古渡,忽生一念转长安。 (　　)

但求天长地久,何必朝相暮依。 (　　)

但愿人皆健,何妨我独贫。 (　　)

楹联里的蓬莱阁

"青霞缥缈丹崖峻,碧波浩荡紫殿高。"这副楹联题的是蓬莱阁。蓬莱阁,位于山东省烟台市蓬莱区北部的丹崖山山巅,由三清殿、吕祖殿、苏公祠、天后宫、龙王宫、弥陀寺等几座不同的祠庙殿堂、楼阁、亭坊组成。蓬莱阁与秦始皇访仙求药和八仙过海的故事密切相关，有仙境之称。蓬莱阁自宋代起修建，历代扩建。整个建筑群层层叠叠，错落有致，浑然一体。阁上四周环以明廊，可供游人登临远眺，是观赏"海市蜃楼"奇异景观的最佳处所。阁后有仙人桥，传为八仙过海处。蓬莱阁为文人雅集之地，今存石刻200余方，是国家重点风景名胜区、全国重点文物保护单位。

联读蓬莱阁

看破沧桑僧亦懒，游经蓬岛吏俱仙。

才知向若失秋水，便欲乘槎到白云。

九万青天登梯得路，三千碧海破浪乘风。

第九课　因果句式

知识窗

因果句式，即出句和对句分别推出原因和结果。一般来说，出句讲原因、理由，对句讲结果或做出结论，但也有倒装的。依据因果关系创作的对联，一般来说，层次分明，说理性强，在流水对联作品中也很常见。例如一棉花店联："聚来千亩雪，化作万家春。"前一句是因，是说棉花大丰收的景象；后一句是果，是说大家有了棉衣，再不觉得冬天严寒。再如雁门关联："莫愁前路无知己，西出阳关多故人。"此为因果倒装句式，出句是结论，对句是理由，增添了对联的文学色彩。

1. 选一选，填一填。

春种千颗_____，秋收万担_____。（粮、籽）

_____才行一步，_____莫废半途。（望诸君、到此处）

2. 读一读，判断下列联句是不是因果句式。

惟将迟暮供多病，未有涓埃答圣朝。（　　）

楹联里的天心阁

"天浮云锦来衡岳，心伴江流去洞庭。"这副楹联题的是天心阁。天心阁是长沙古城的标志，由抚军杨锡绂主持兴建于清乾隆十一年（1746年）。阁名取自《尚书》中的"咸有一德，克享天心"之意。天心阁占据城区制高点，加之坐落在30多米高的城垣之上，又有"高阁插云""麓屏耸翠""疏树含烟""池塘夕照"四景相随，近有妙高峰为伴，远望岳麓山为屏，因而显得更加峭拔、峻美。登上天心阁，极目四望，全城景物，尽收眼底。楼阁碧瓦飞甍，雕梁画栋，古香古色，体现了长沙楚汉名城的风貌。

联读天心阁

窗中岳麓分明见，阁外江声空自流。

阁峙九霄迎日月，城留一角看江山。

飞阁流丹，古城增色；麓山耸翠，湖水生辉。

第十课　目的句式

知识窗

目的句式，即出句和对句分别表示目的和行动，但也有互为倒装的。如："忍令上国衣冠，沦于夷狄；相率中原豪杰，还我河山。"此联为太平天国名将石达开所作。出句是说再不能忍受夷狄（指清政府）对我们的压迫，对句说的是为了达到这个目的所要采取的行动，即团结中原的豪杰来恢复河山。又如："巧理千家事，增添万户心。"出句说的是要做的事，即行动；对句说的是目的。此联即为倒装式。

练习台

1. 选一选，填一填。

_____行节俭事，_____过淡泊年。（多、免）

_____得榆钱万贯，_____来春色一山。（买、借）

2. 读一读，判断下列联句是不是目的句式。

欲呼樵子说山事，便携春茶到竹林。　　　　　（　　）

劝君更进一杯酒，与尔同销万古愁。　　　　　（　　）

国风馆

楹联里的天一阁

"两浙风光三月柳，千秋功业一楼书。"这副楹联题的是天一阁。天一阁，位于浙江省宁波市海曙区，建于明嘉靖四十年至四十五年（1561—1566年），由当时退隐的明朝兵部右侍郎范钦主持建造，已有400多年的历史，是中国现存最早的私家藏书楼,也是亚洲现有最古老的图书馆和世界最早的三大家族图书馆之一。天一阁之名,取郑玄《易经注》中"天一生水"之说,因为火是藏书楼最大的祸患,而"天一生水",水能克火,故名"天一阁"。天一阁坐北朝南,为两层砖木结构的硬山顶重楼式建筑,阁前凿"天一池",园林以"福、禄、寿"作为总体造型,用山石堆成"九狮一象"等景点,风物清丽,格调高雅,别具江南庭院式园林特色。

联读天一阁

好事流芳千古,良书播惠九州。

夜雨闲吟左司句,时晴快仿右军书。

山中云在意入妙,江上风生浪作堆。

第十一课 走进楹联里的香港

知识窗

香港,简称"港",全称中华人民共和国香港特别行政区,位于中国南部、珠江口以东,西与澳门隔海相望,北与深圳相邻,南临珠海万山群岛,区域范围包括香港岛、九龙、新界和周围262个岛屿,陆地面积约1106平方千米。香港自古以来就是中国的领土,1842—1997年间曾受英国殖民统治。1997年7月1日,中国政府对香港恢复行使主权,香港特别行政区成立。生生不息的中华文化在香港这个中外文化艺术交流中心，得到了更好地传承、突破和发展。

练习台

1. 选一选，填一填。

三径＿＿＿＿＿缘客扫，一年＿＿＿＿＿不花香。（有时、无日）

十里＿＿＿＿＿围古寺，百重＿＿＿＿＿绕青山。（松杉、云水）

2. 读一读，从以下楹联中感受香港独特的景观。

炉中香篆氤氲，丹鼎尽腾龙虎气；

峰外云横缥缈，天风微度凤鸾声。

爨前楼阁未成灰，犹剩得半折磬，一卷经，五更钟，六月凉风，三冬积雪；

雨后园林无限好，最爱是百本蕉，千条柳，万竿竹，数声啼鸟，几寸游鱼。

 国风馆

香港长山古寺联赏析

长亭惜别，古道瞻岐，雨笠尘襟人日日；

山鸟吟春，寺花送晓，烟钟风磬我年年。

长山古寺位于香港新界的禾径山麓，是古代驿站遗址。这副对联的上联写行旅跋涉之苦，形象地刻画出在烟雨迷蒙、尘土飞扬的古道岐路上送别的情景。人生自古伤离别，何况"日日"都有人如此。下联思绪回到古寺，从离情别恨的境界突转到"山鸟吟春，寺花送晓"的氛围，结句的"烟钟风磬"更增添了视觉、听觉上的美感，并与"山鸟吟春，寺花送晓"一起构成一幅有声有色的画卷。末尾"我年年"三字，点明了寺庙生活年年如是，与上联人们匆匆送往迎来形成强烈对比。联中分嵌"长山古寺"四字，天衣无缝。

名联坊

联读香港

白云白鸟飞来去，青史青山自古今。

远心潜志修齐治国平天下，东南尽美文物衣冠出杏坛。

第十二课　走进楹联里的澳门

知识窗

澳门，全称为中华人民共和国澳门特别行政区，北邻广东省珠海市，西与珠海市的湾仔和横琴对望，东与香港隔海相望，南临南海。澳门自古就是中国的神圣领土。1553年，葡萄牙人取得澳门居住权；1887年12月1日，葡萄牙与清政府签订《中葡和好通商条约》，正式通过条约对澳门进行殖民统治。1999年12月20日，中国政府恢复对澳门行使主权。澳门回归祖国之后，经济迅速增长，比往日更繁荣，是"一国两制"的成功典范。数百年来，随着内地居民不断迁入澳门，中国的传统文化也被带入澳门，形成了澳门华人的主体文化。

练习台

1. 选一选，填一填。

净地何须_____，空门不用_____。（关、扫）

_____涵海镜，峰景接_____。（蓬瀛、莲花）

2. 读一读，从以下楹联中感受澳门独特的景观。

竹仙洞联：竹种多年，不尽凉阴醒鹤梦；仙归何处，尚留古刹界鸿沟。

妈祖阁联：显迹湄洲山，三十六天齐胜概；流芳东粤甸，百千万载壮威光。

国风馆

澳门松山亭赏析

松风送抱，正荡胸怀，近看镜海波光，莲峰岚影；

山雨欲来，且留脚步，遥听青洲渔唱，妈阁钟声。

这是一副名胜风景联，它采用了互相衬托、动静结合的艺术手法，描绘了澳门松山亭独特的美景。上下联首嵌入"松山"地名，更增加了联语的艺术魅力。

上联写静，将山峰、浩海风光与松山寺名胜融为一体，水平如镜的大海波光粼粼、熠熠生辉，秀丽的山峰云烟萦绕、气象万千。下联写动，描绘的是山雨欲来，游人驻足流连，远听青洲飘来的渔歌与妈祖阁传来的悠悠钟声，使人心旷神怡、乐而忘归。这种以静衬动、以动衬静、动静结合的艺术手法，使对联产生出较高的艺术效果，倍增诗情画意。

这副对联运用了"集引"的修辞手法。上联"松风送抱"的"松风"引自简文帝诗，"送抱"引自《南史·张元传》。上联将海风从松林间吹入怀抱的情景描绘得形象生动、耐人寻味。下联的"山雨欲来"引自许浑《咸阳城东楼》，这里虽只引了短短的四个字，却将"山雨欲来"前的那种风起云涌、日色昏暗的景象描摹得淋漓尽致、有声有色，让人自然产生出驻足避雨的念头，与下文的"且留脚步"有异曲同工之妙。

这副对联不仅对仗工整、平仄入律，"松风送抱"对"山雨欲来"，"正荡胸怀"对"且留脚步"，"近看"对"遥听"，"镜海波光"对"青洲渔唱"，"莲峰岚影"对"妈阁钟声"，动词对动词，名词对名词，恰到好处；而且文辞优美、用词讲究，上联的"近看"将松山寺周围的浩海、秀峰、苍松、翠柏尽收眼底，下联的

"遥听"使渔歌、钟声尽入耳中，一个"近"，一个"遥"，相反相成，巧妙结合，互相衬托，妙趣横生，起了画龙点睛、联结全联的妙用，真称得上是神来之笔。

联读澳门

悦耳沸松声，仰瞻乔木高枝，恍忆鲤庭趋对日；
停踪看海景，感到长风巨浪，应多鹏翮奋飞人。

第十三课　走进楹联里的台湾

知识窗

台湾，简称"台"，是中华人民共和国省级行政区，省会台北，位于中国东南沿海的大陆架上，东临太平洋，西隔台湾海峡与福建省相望；北濒东海，南界巴士海峡与菲律宾群岛相对。台湾省由中国第一大岛台湾岛、澎湖列岛与赤尾屿、绿岛、兰屿、彭佳屿、钓鱼岛等岛屿组成。台湾是中国不可分割的一部分。海峡两岸同胞同根同源，同文同种。三国孙吴政权和隋朝政府都曾先后派万余人去台。明末清初以来，大量福建南部和广东东部居民移垦台湾，最终形成以汉族为主体的社会。

1. 选一选，填一填。

梅_____而秀，竹_____而寿。（寒、瘦）

水清_____读月，山静_____谈天。（鸟、鱼）

2. 读一读，从以下楹联中感受宝岛台湾独特的景观。

阿里山古月亭联：满地花阴风弄影，一亭山色月窥人。

彰化清水岩联：清水碧涟侵月色，岩山紫竹引泉声。

郑成功收复台湾

郑成功收复台湾又称郑成功收复台湾之战，是指公元1662年南明将领郑成功驱逐窃取台湾的荷兰殖民者收复宝岛台湾的事件。至此，郑成功从荷兰侵略者手里收复了沦陷38年的中国领土台湾。郑成功死后，台湾民间陆续建立庙宇祭祀，并留下了很多纪念郑成功的楹联。如：

开万古得未曾有之奇，洪荒留此山川，作遗民世界；

极一生无可如何之遇，缺憾还诸天地，是创格完人。

孤臣秉孤忠，浩气磅礴留千古；正人扶正义，莫教成败论英雄。

忠节感苍穹，大海忽将孤岛现；经纶关运会，全山留与后人开。

联读台湾

西江月色千秋偃，南海潮音万古同。

香飘丹荔风三面，绿蘸清池水一奁。

东海远连南海水，赤山高枕普山云。

第十四课　走进悬挂在海外的楹联

知识窗

楹联是中华民族的文化瑰宝，不仅在中国的艺术宝库中占有独特的地位，在世界艺术殿堂上也放射着奇异的光芒。楹联远传，与海外华人热爱民族文化、保持民族习俗关系极大。同时，随着中外人文交流的不断深入，楹联也成为各国人民了解中华优秀传统文化的重要媒介。据不完全统计，中国楹联已经传入亚洲、欧洲、非洲、大洋洲、美洲各地，在日本、朝鲜、韩国、越南、泰国、马来西亚、印度尼西亚、新加坡、澳大利亚、美国、加拿大、阿根廷、德国等五十多个国家都能见到或刻或挂的楹联。如果仔细探索每一副楹联的流传过程，人们会发现，中国楹联已经成为"外交大使"，在对外文化交流中起着积极的推动作用，增进了国外人士对中国文化的理解，为中外人民的友谊架设了桥梁。

练习台

1. 选一选，填一填。

云开千里_____，风动一天_____。（月、星）

_____巫云原有对，落花_____总相联。（沧水、归燕）

2. 读一读，从以下文字中感受楹联在海外的独特魅力。

朝鲜大同江练光亭联：长城一面溶溶水，大野东头点点山。

新加坡丘菽园联：引遁逢萌浮海外，逍遥庄子破天荒。

美国西海岸旧金山天使岛石刻联

在美国西海岸旧金山附近,有个天使岛。20世纪初,这里还十分荒凉。后来,这里成为移民局的一个据点,凡有华人来美国,都被送到这个岛上过关审查。天使岛成了海外华人备受欺凌的"证人"。数年前,一些华侨重返天使岛,立了一块碑,碑文是一副石刻联:"别井离乡,飘流羁木屋;开天辟地,创业在金门。"上联诉说了他们背井离乡,还曾被羁在木屋的苦难;下联讲述了他们在美洲"开天辟地"的功绩。而今,祖国的国际地位大大提高,海外华侨的社会地位也大不一样了。他们在传播祖国文化、增进中外人民友谊的事业中,继续发挥着重要的作用。

联读海外

一卧沧江惊岁晚,独凭栏槛俯崔巍。

铁石为心,汉室擎天一柱;春秋得力,尼山拔地奇峰。

附录

中外人文交流：让中国传统文化走向世界

珠光小学师生向尼日利亚驻华大使夫人赠送对联并介绍含义

"和平在线春风暖，发展同频友谊长。"

撰联：刘红艳老师。书法：王金成老师。

珠光小学是广东省楹联教育基地、深圳市诗词联特色学校。珠光小学中外人文交流小使者们专门赠送楹联给尼日利亚驻华大使夫人，表达了对世界和平、共同发展的美好愿望。小使者们向大使夫人详细介绍了楹联这一中国传统文化，大使夫人对这份礼物感到格外惊喜，连连夸赞中国文化博大精深。楹联已经成为"外交大使"，在对外文化交流中起着积极的推动作用。